目录

虚惊一场 **001**

妈妈的第六感觉 **013**

两封匿名信 **033**

蟾蜍与夜莺 **047**

95岁老人出游记 **057**

惊喜还是意外？ **071**

"真的"埃尔维斯死了 **081**

遭到伏击 **095**

不被承认的英雄业绩 **113**

大闹教会学校 **131**

我决不改名 **143**

地球在我心中 **159**

|评点本|

甘特的冬天

〔巴拉圭〕胡安·曼努埃尔·马科斯　著
〔美〕特雷西·K.刘易斯　评点
尹承东　王小翠　译

中央编译出版社
CCTP　Central Compilation & Translation Press

图书在版编目(CIP)数据

甘特的冬天:评点本/(巴拉圭)马科斯著;尹承东,王小翠译.
—北京:中央编译出版社,2015.6
ISBN 978-7-5117-2646-9

I.①甘… II.①马… ②尹… ③王… III.①长篇小说-巴拉圭-现代
IV.① I781.45

中国版本图书馆 CIP 数据核字(2015)第 090757 号

甘特的冬天:评点本

出 版 人:	刘明清
出版统筹:	董 巍
责任编辑:	韩慧强　王媛媛
责任印制:	尹 珺
出版发行:	中央编译出版社
地　　址:	北京西城区车公庄大街乙5号鸿儒大厦B座(100044)
电　　话:	(010) 52612345 (总编室)　(010) 52612363 (编辑室)
	(010) 52612316 (发行部)　(010) 52612317 (网络销售)
	(010) 52612346 (馆配部)　(010) 66509618 (读者服务部)
传　　真:	(010) 66515838
经　　销:	全国新华书店
印　　刷:	北京印刷一厂
开　　本:	880 毫米 ×1230 毫米　1/32
字　　数:	280 千字
印　　张:	10.5
版　　次:	2015 年 6 月第 1 版第 1 次印刷
定　　价:	35.00 元
网　　址:	www.cctphome.com　邮　箱:cctp@cctphome.com
新浪微博:	@中央编译出版社　微　信:中央编译出版社(ID:cctphome)
淘宝店铺:	中央编译出版社直销店(http://shop108367160.taobao.com)

本社常年法律顾问:北京市吴栾赵阎律师事务所律师　闫军　梁勤
凡有印装质量问题,本社负责调换。电话:010-66509618

Maria Gripe's Works of Elvis Series
埃尔维斯成长系列

我就是我

[瑞典]玛丽娅·格里佩（Maria Gripe）◎著
高 锋◎译

中央编译出版社
CCTP Central Compilation & Translation Press

虚惊一场

虚惊一场

埃尔维斯站在窗前。

太阳高照,窗外地上水坑和车辙交错。窗户玻璃上的雨滴闪闪发亮。

他在窗台上打开的纸上用大写字母清楚地写道:

"你好!我现在提出的问题你可能需要很长时间才能回答。这个问题很难。

我要问:地球中心、或者世界的中心在哪里?那里有人住吗?请尽快回答。

你的朋友 埃尔维斯"

好了,现在,图什腾又有事考虑了。他来信说可以回答埃尔维斯提出的所有问题。去年冬天,他成功地计算出一个雪球里面共有多少片雪花。这用了一个冬天,但他还是算出来了。六仟叁佰捌拾玖片。

这是一个好问题，是埃尔维斯想出来的。他善于提出问题，而图什腾善于解答问题。在这方面，他们俩相得益彰。

尽管他们相互并不特别了解，但他们是朋友。爸爸妈妈去法兰群岛旅行时，他们在乡下见过几次。当时埃尔维斯住在爷爷奶奶家里。图什腾去玩，实际上他是去看望爷爷，不是看埃尔维斯。他们俩竟然成了朋友，埃尔维斯以前一点儿也没意识到。

埃尔维斯从来没有想到除了他之外爷爷还会有别的朋友，当然成年人是另外一回事。埃尔维斯对此不情愿，因此他不想与图什腾交朋友。图什腾也不想与他做朋友，尽管爷爷极力撮合俩人，他们还是拒绝了。

但后来他们还是成了朋友。当时埃尔维斯已经回到城里。因为交通事故住院时，他从图什腾那里得到了一封信，落款是"你的朋友图什腾"，他很高兴。从此之后，他们就成了朋友。

埃尔维斯把信纸折好，放进信封。他封好信封，感到自己充满力量、聪明并幸福。

这时他看到爸爸在院子里。他胳臂下夹着一卷地毯，手里拿着藤条棍。他看来情绪不高。他今天下午休息，但他答应过妈妈帮助打扫卫生。他慢慢走向晾衣架，藤条拖在身后。

埃尔维斯是否应该帮帮他？

虚惊一场

尽管夏天已经来临,他们家还在进行春季大扫除。春天妈妈准备开始大扫除时,姥爷去世了。这很不幸。妈妈太伤心了,没有精力去完成这项工作。

埃尔维斯和爸爸都试图帮助她,但没有什么用。她发现他们干活粗心马虎,必须重新打扫。

她说,他们没有像大扫除时应该做的那样,去寻找灰尘,而只是打扫了一些看得见的灰尘。他们没有像她那样尽心尽力。她到处搬移家具,翻弄摆设并侦查灰尘,在落地灯脚下一类很难想象的地方寻找。

这引起了一些议论。埃尔维斯说妈妈是典型的灰尘侦探,而他和爸爸仅仅是灰尘发现人。这时妈妈生气了,说他们连这个也不配。现在,她发现爸爸最多只配敲打地毯,她自己胳臂没劲,干不了。而埃尔维斯除了弄脏东西,给她带来更多麻烦之外,什么也干不了。因此他越不干活,越好。因此,他就什么也不干了。

埃尔维斯看见爸爸已经把地毯放到架子上。他手里拿着香烟,正在打量着地毯。现在,他嘴里叼着香烟,开始敲打地毯。从敲打声中,可以听出,他讨厌此事。

妈妈在做什么?有段时间没有听到她的声音了。她可能正在某个地方查看。

他得去看看。

她没在客厅,只有赛三躺在房角里休息。卧室里也没

我就是我

有她。但衣帽间的门半开着,她肯定在那里翻弄、整理、擦拭鞋子,悄悄地无休止地清扫。他很清楚,这种情景埃尔维斯看了一辈子。他不看也知道,妈妈跪在地上,用抹布在擦着。

从外面传来爸爸敲打地毯的声响,他似乎更加生气了。

埃尔维斯站在那里,在听着、看着衣帽间门。突然,一个粗野的调皮的念头飞进他的头脑。他跑上一步,飞快地关上衣帽间门,拧动下门上挂着的钥匙。只是轻轻地一拧,妈妈就被锁住了,被锁进了衣帽间!

现在就热闹了。

他退后一步,等着大爆发。

但是,什么动静也没有。

他干了什么?心脏在胸膛里怦怦跳动。时间一分分过去了,衣帽间里什么动静也没有!发生了什么事?

为什么她不叫喊,不敲门要求出来?

他可没想到这个,他只是想开个玩笑,逗她生点气……

她为什么不生气?

房子里静悄悄的,除了外面传来的敲打声,只听到厨房里的钟表在走动,与埃尔维斯的心脏跳动声相响应,显得格外沉重。

妈妈在里面是吓晕过去了?她会这么害怕?

她在里面躺在黑暗中?他把她吓得这么厉害?

或者是她有意地保持沉默,想要报复他?

虚惊一场

是她想吓唬他？躺在那里等着他去开门查看？

但是他不敢去。

他惊跳了一下，是电话铃响了。清脆的电话铃声打破了沉寂，像利刀一样划破了沉闷。信号铃声阵阵传开。对电话一向积极的妈妈却不想从衣帽间出来！铃声肯定传进去了，他惊恐地盯着那个门。太可怕了！

他都干了些什么？

受到电话铃的刺激，他突然迈动双腿。刚刚醒来的赛三也对他狂吠。他跳出大门，把赛三关在门里。他跑下台阶，穿过院子，走向大街。

"埃尔维斯，你等一下！"

是爸爸，他正从木架旁走来。

"你干什么去，这样着急？"

埃尔维斯转身走回来。爸爸腋下夹着地毯，点上一支香烟。

"你去给我买份晚报，好吗？"他说。

埃尔维斯感觉嗓子里有点东西堵着，没法回答。他张下嘴巴，紧接着又闭上。

"你不想去？"

他点点头。当然，他肯定可以去买份报纸。

"我身上没带钱，你得跟我回家去取。"

他们走上台阶，爸爸在前面。埃尔维斯在后面跟着，没有意志地、机械地移动着双腿，脑子也停止了转动，心脏像块冰一样地躺在胸膛里。

现在,爸爸打开外门。赛三欢叫着跑过来。除此之外,屋子里死一般的沉静。爸爸走进卧室,去寻找钱包。埃尔维斯听着他的脚步声。

要是钱包放在他的上衣里?放在衣帽间里?

不是。爸爸回到门厅,手里掂着几个硬币。他在手掌上数了下,多给了埃尔维斯1克朗作为酬劳。

"好吧,埃尔维斯,你现在就去,哎?"

埃尔维斯点点头,他还是不敢相信自己的嗓音。他接过硬币。爸爸一点儿也不知道妈妈的去向?

"你马上就回来吧?"

埃尔维斯又点点头,随后消失了。

爸爸看着他远去,随后关上了大门。

现在会发生什么事情?

爸爸会去打开衣帽间,发现妈妈晕倒在里面?

或者她自己会从昏迷中清醒过来?

总会发生点什么!

这真是场噩梦。他直接跑向报亭,路上极力想冷静下来。等他回家时,妈妈肯定醒过来了。一个人会昏迷那么长时间吗?

她有可能会得疯癫症吗?

她过去多次说过疯癫病,说如果他太坏,她会被气疯,得疯癫病!那就麻烦了。疯癫症真有那么可怕?得这病的人

虚惊一场

会死吗？可能不会吧？

她肯定会生气的，气得像只马蜂一样。那倒可以忍受，只要她能活下去。

埃尔维斯在买报纸。

他可以用爸爸给他的1克朗给妈妈买点好东西！这里有妈妈喜欢的柔软的巧克力。1克朗能买5块。埃尔维斯买下了它们。

他感觉良好。如果为自己，他可能会买别的东西。买巧克力也很好，钱总不会浪费。万一妈妈真出事了，他可以把它们全吃掉。如果她醒来时，他又可以用糖表示他是想着她的，这很重要，她就会明白他悔过了。

他向家跑去。巧克力使他冷静下来。不管怎么说，他是为妈妈买的。

跑到门前他却停住脚步，朝着窗户张望。窗户关闭着。他走上台阶认真倾听妈妈的声音。过去在这里经常可以听到她的声音，但今天没有。他按门铃时手在发抖。

但愿，但愿是妈妈来开门！

来的是爸爸，他惊奇地看着埃尔维斯。

"你按什么铃？你不知道门一直开着？"

埃尔维斯递给他报纸。他不敢直接打开门，怕出事。现在，他站在门口，向房里面张望。

爸爸翻下报纸。

"怎么了，埃尔维斯，你想进来还是想出去？"

我就是我

他做了个要关门的动作。埃尔维斯犹豫不决地站在那里，向里面张望。

"嗳，你到底想怎么样？"

埃尔维斯慢慢地退了出来。爸爸关上了大门。

现在，他到哪里去？

口袋里装着5块巧克力。埃尔维斯把第一块放进嘴里。

这是妈妈的巧克力！

他可能已经没有妈妈了？他可能变得没有妈妈了。没有妈妈的孩子，像人们说的那样。他在什么地方读过，真是太令人伤心了。对他来说，比别人更可怕，因为是他把自己变成没妈的孩子的，他把自己的妈妈吓死了！

事情就是这样。埃尔维斯突然明白了，疯癫症也会死人的。

他这辈子算完了。他刚才还觉得自己是强大、聪明和幸福的。这太残酷了，仅仅是因为衣帽间门半开着。

事情往往是这样。他在电视上看到过。电视里经常报道谋杀的新闻，到处都是谋杀。对这些报道他怕看又想看。现在可好，却发生在他自己身上。他连这个字也没想过就变成了谋杀犯。

妈妈说得对，他开始变得危险了。

他把手放在裤袋里，沿着墙边走着，就像在电视里看到的那样，低头缩肩，看着地面。电视里谋杀犯都这样走路，与他完全一样。当他们过街时，先悄悄地看看周围，埃尔维

虚惊一场

斯现在也这样。

他走上大街。人们从商店里进进出出,手里拿着包裹行囊。他们面带笑容,好像要外出旅行。

他感到自己被排除在这一切之外。周围这些善良的人们,在阳光下行走,根本不知道身边有个危险人物——埃尔维斯·卡尔松,一个犯罪分子。

他停下脚步,取出第二块、第三和第四块巧克力。嘴里一下放满了,没地方放第五块了。

他站在那里咀嚼着妈妈的巧克力,本来它们应该是妈妈的。可怜的妈妈,可怜的巧克力!他咀嚼着思考着,脑子里充满失落的念头。他明白现在不能再回家了,他最好马上离开这个城市,很快警察就来了,就像电视上一样。

这时,他看见对面街上有个人影。

这不可能!这不可能是真的!是他看花眼了?

这肯定是他良心不安。杀人犯会到处看到受害者。他知道,他在电视上看到过。

大街上车水马龙,但他还要冲过去。他必须看看那是什么,不管它是幻影、小鬼,还是一个长得特像的人。

这时埃尔维斯被人从后面抓住了,他在闯红灯时,一个不认识的姑娘抓住了他,直到灯变绿了她才松手。但这时,对面那个人影已经消失了。

埃尔维斯四处张望,没有结果。那人长得特像妈妈,刚才就站在这橱窗前。这会是个幻觉?他透过玻璃往里张望,

我就是我

人会在这商店里边？这是个女装商店，埃尔维斯看不见人。很明显，这肯定不是她，她怎么会来这个地方？

他离开商店，周围到处人来人往。他只好随波逐流。他正要取出第五块巧克力时，他听到身后有脚步声。

"嗨，埃尔维斯！你在这里干什么？"

他转过身子。

妈妈伸着双臂向他走来。脸色红润，生气勃勃。

"埃尔维斯！"她对他微笑。埃尔维斯扑进妈妈的怀抱。

"小伙子，你看到妈妈会这么高兴？"

她也受到感动，用力抱着埃尔维斯。埃尔维斯把头藏她的怀里，让她抱着。他心里在哭，但同时却在笑。

他们站在大街当中，挡住了许多人。妈妈向旁边挪动下，脸上喜笑颜开。

这时埃尔维斯递给她一块巧克力。

"我给你买的！"

妈妈再次被感动了，紧紧地抱着他。看，埃尔维斯竟然跑出来找她，为了给她送一块糖！真没想到！她吻了一下埃尔维斯，他变得不好意思了，但心里放松了。

她看来没为被关进衣帽间而生气。她应该知道这是他干的。或者她会以为是穿堂风把门关上了？那为什么她不叫喊开门呢？

虚惊一场

现在,她高兴地拉着埃尔维斯的手。

"走吧,埃尔维斯!我出来时间太长了,也必须回家了,衣帽间还没收拾呢。我本来只想买两个挂衣袋,没想到到处都搞活动降价,有这么多可看的。"

埃尔维斯盯着她。

她还没有打扫衣帽间?他得问问。

"没有,小伙子,我还留着呢。"

"真的?"

他大吃一惊。他觉得当时清楚地看到她坐在鞋子中间,跪在地上用抹布在擦洗。

真是莫名奇怪,神奇得很。莫非他也开始有幻觉?

妈妈拉着他的手,边走边说说笑笑。

妈妈一到家,就开始打扫衣帽间。

埃尔维斯保持一定距离看着。

衣帽间门像上次一样半开着。

他怎么会弄错呢?

为什么他总是以为妈妈会出事呢?

这是他的错误吗?

他走进厨房。他给图什腾的信还放在窗台上。

他拿起信来并跑了出去。

这是一封重要的信。

妈妈的第六感觉

妈妈的第六感觉

"妈妈可能知道了。"

她用一双大眼睛严肃地看着埃尔维斯，意味深长地点点头。

"对，妈妈知道了，埃尔维斯！"

当她这样说时，埃尔维斯变得惴惴不安。他做了什么？他自己怎么不知道呢？但他还是良心不安，不敢看着妈妈的眼睛。不知道为什么，他总感觉自己有罪，奇怪得很。她究竟知道了些什么？

"比你知道的还多，所以，你不能那么肯定，埃尔维斯！"她的声音有点奇怪，脸色也很古怪。

最近一段时间，她一直在谈论她的第六感觉。这意味着

我就是我

她总能知道许多事情,事前就知道什么事情会发生。主要是关于埃尔维斯和爸爸的事。如果他们想干些她不喜欢的事,她事前就知道它会失败。

她很少预知什么好事,所以,说第六感觉不会是什么好感觉。这会儿她在讲埃尔维斯。

妈妈感觉到他对她"隐瞒"了什么。肯定是这样。有许多事。他也不能什么事都告诉妈妈。她自己应该也知道。隐瞒事情对她来说是世界上最大的罪恶,但大家不都这样做吗?

他在想,她这次要知道什么呢?

会是什么特别的事情?

或者这只是她套他说话的手段?

不会是安娜露丝的事。她现在约兰岛上跟着妈妈和某个她不喜欢的爸爸旅游。她不想跟着去,但没有别的选择,她挺可怜的。但事情很快就要过去了。某一天她妈妈会忘记这个新的,会找到另外一个人的,她经常这样做。安娜露丝也觉得有几个可选择的总比只有一个好。这些人大多数人都不怎么样,只有一个,她比较喜欢,就是波路瓦尔。他可能是她爸爸,但也不完全肯定。

也可能是别人,安娜露丝经常这样严肃地对他说。

妈妈对安娜露丝抱有疑心,她不想让埃尔维斯与她在一

妈妈的第六感觉

起。他不加理会。但这次他确实是没罪的,因为安娜露丝外出旅行了。

也可能是爷爷,她也不喜欢爷爷。姥爷去世后事情也没有改善。她认为姥爷去世了,而爷爷却继续活着,这不公平。

姥爷是这样慈祥、这样善良!她叹气说。她的意思是说,爷爷不这样,只不过她不敢说出来。但埃尔维斯的看法相反。他从来不喜欢姥爷,不喜欢一个去世的人并不好,因此埃尔维斯不敢与妈妈说。但是妈妈感觉出来了。他喜欢爷爷,这是没法隐瞒的,她早就注意到了。

今天妈妈带赛三出去时,他与爷爷打过电话。爷爷很快就要进城,与埃尔维斯见面。可能妈妈用她的第六感觉觉察到了?她为什么不能直接说出来,而是站在那里古里古怪地盯着埃尔维斯?

埃尔维斯站在外门旁边。他该怎么办?要是他现在告诉她,她可能会禁止他出门。要是他什么也不说,而她还是知道了,她还是会生气并禁止他出去。

"爷爷进城了,"埃尔维斯说。

"噢,你怎么知道的?"

"你出去那会儿,我们通过电话。"

"你怎么不跟我说?"

我就是我

"现在,我正在告诉你。"

妈妈生气地看着他,无可奈何地叹口气。

"你今天就这样消失了?我本来想和你在一起,你和我,一起弄点好玩的东西。我该早知道你不会去。"

"什么好玩的?"

"比如搞个小郊游。现在说也没有用了。你已经和爷爷商量好了。你反正不想与我在一起。"

"我当然愿意,你应该早说点,我怎么会知道。"

妈妈深深地叹口气。

"好了,就这样吧。我没想到你又去见爷爷。你们前天不是刚见过面?"

埃尔维斯挠下前额。头发树立起来。他无奈地看着妈妈。

"你还记得你答应过妈妈吧?"

她伤感地看着埃尔维斯并停顿了下。

"你忘记了?现在,妈妈没有姥爷了,我们俩,你和我应该在一起?"

埃尔维斯脑子里一阵糊涂。姥爷去世那天,他都向妈妈许诺过些什么?太可怕了,他好像忘记了绝大多数。他抓下头皮,突然想出个主意。

"你可以跟我们一起玩,爷爷肯定不会反对的。"

妈妈的第六感觉

妈妈看他一眼。

"埃尔维斯,你自己听见你说什么了。可以跟着,不会反对,不行,你知道吗?"

埃尔维斯不理解,他觉得这是个好办法。爷爷不会反对妈妈参加。他对谁都很好,可能妈妈会觉得不自然。

"我们到码头去,与艾立克一块吃快餐,"埃尔维斯说。

"艾立克,谁是艾立克?"

"爷爷的一个朋友。他在港口工作。我们可以带上你早上做的小面包。艾立克喜欢它们。"

埃尔维斯很积极。现在,他解决了这个难题。他们可以去港口参观一下,大家都去。

但妈妈额头上出现一道皱纹。

"噢?艾立克喜欢我做的小面包,我怎么不知道?"

"肯定的,他很喜欢。"

"他还没有尝过就喜欢?你别把自己弄糊涂了!埃尔维斯!"

妈妈的声音很不耐烦。她以为他在撒谎,只是为了说服她。

"他当然尝过了!"

"什么时候?"

"我带去过,好多次,我们去港口仓储吃过快餐。"

我就是我

"看看，现在露馅了吧！你瞒着妈妈干了不少事，埃尔维斯！这就是妈妈感觉到的。你跑来跑去的，背着妈妈拿小面包，这事持续多久了？"

"持续，持续什么？"埃尔维斯不明白。妈妈叹口气又说。

"你没话说了吧。我知道。但你为什么不先问问我。只要经过我同意，拿多少小面包都行。为什么你事先不问呢？"

埃尔维斯没法回答。要是他可以拿小面包，那么何必要先问呢？他抓下头皮，这事就这样重要？

妈妈走到面包盒子前，手里拿着个塑料袋。她打开盒子，一个个地把小面包装进塑料袋。这是新做的面包，发着诱人的香气。这袋子很大，她把它递给埃尔维斯。

"不，埃尔维斯！我不跟着去。这些面包足够爷爷和你，还有那个艾立克吃了。记住，只要你先问下，你就可以得到了，你得先请求，明白吧？好，别让爷爷他们再等了。"

埃尔维斯接过塑料袋走了。这比他自己以前拿的都多。妈妈很大方，她愿意付出。但如果他不先请求，她就不知道她是否会给了。因此他必须先请示，现在，他明白了。

妈妈的第六感觉

爷爷就不一样了。他不管谁给、谁要，问还是不问，只要事情"能行"就行了。他这样说，也总这样做。她却很少这样。

在港口吃个快餐、拿几个小面包一下子变成了个引人注目的大事。实际上事情并没这么复杂。他记得午餐休息的时候，艾立克请他喝咖啡，埃尔维斯请他吃面包，非常容易。下雨时他们坐在仓库里面，晴天时就在木桥旁边。艾立克讲述来往船只，从哪里来，到哪里去，装上什么，卸下什么等。他在港口仓库上班，知道许多事情。他是个好伙伴，通过爷爷他们认识了。年轻时，他和爷爷一起出过海。

他们经常谈论过去的事情，非常紧张有趣。现在，船上的工作与工厂工作区别不大了，但过去开帆船时却大不相同。那时与大海联系多。现在，人们几乎不出海了，也不了解大海了。

埃尔维斯走到时，爷爷早就到了。艾立克和他坐在仓库外面的木桥旁。埃尔维斯注意到，他们在讨论一个严肃的话题，但他来后他们就改谈别的了，以前没有发生过这种事。要是爷爷改变话题，他总是解释一下。但这次，他们只是抬头看了下埃尔维斯。他们每人得到了三个小面包。

艾立克开始讲机器的事，他经常说这类事情。例如机器能否接管所有的工作，甚至把人们的理智也接管过去等等。

我就是我

但是爷爷并没有在听,他在想自己的事情。有时他盯着埃尔维斯看很长时间,随后望着远处,考虑别的问题。

他说话时总提到图什腾,每次都不忘记。他讲图什腾说过的话,或者他做过的事。开始,埃尔维斯没有注意。他当然可以听听图什腾的事。爷爷喜欢他。但当他注意到爷爷不讲别的事情,好像他坐在这里却一直想着图什腾,就不高兴了——这太过分了。

埃尔维斯开始吃醋,他示意反对,当他的动作不起什么作用时,埃尔维斯生气了。对爷爷说来,图什腾好像是地球上的一大奇迹。而艾立克也严肃地加以附和。

"对,看看这个小图什腾,是够聪明的。"

艾立克知道什么?他恐怕根本不认识图什腾!

后来他得知,艾立克还真认识图什腾,他去村里看望爷爷时见过他。当时图什腾肯定老跟在爷爷屁股后面转。他记得,在村里看到过他的这种样子。

埃尔维斯突然站起身子,他没有兴趣继续坐在这里听什么图什腾的故事,还不如回家呢。

这里还有两个小面包,他顺手递给艾立克。

"你拿着吧,我要回家了。我下次再来时咱们单独聊聊机器,不说那些乱七八糟的事。"

他看下爷爷,又转身对着艾立克。他不想与爷爷说话。

妈妈的第六感觉

要让他看看,埃尔维斯没有他也能过。

埃尔维斯走了。

"发生什么事了?"他听到艾立克在身后叫喊,但不回头看。爷爷也不回答。埃尔维斯迈着坚定的步伐,他要离开他们,要让爷爷看看。

当他走过几个街区,就要转弯时,他看到爷爷骑着艾立克的自行车迎面追过来了。

埃尔维斯装作没有看见。

爷爷从他身边骑过去了。他感到爷爷看着他。当他离开埃尔维斯一段距离后,爷爷又调转车头追了过来,随后慢慢地在人行道旁骑着,一直与埃尔维斯保持平行。

他们沿着大街前行。埃尔维斯加快了速度。他们谁也不与对方说话。尽管他不看爷爷,但爷爷在不时地看看他。他偶尔向爷爷方向看下,感觉爷爷表情严肃。

随后,他们来到了爷爷经常坐车的汽车站。汽车已经等在那里。爷爷从自行车上跳下。埃尔维斯停在不远的地方。他锁上自行车,向埃尔维斯走来。

"埃尔维斯,你可以把这把钥匙送到那个小店里吗?艾立克过会儿就来取。"

他接过钥匙,跑到对面小店。想也没想就又跑回到爷爷身边。

爷爷把手放在他的头上,摘下他的帽子,摸着他的头发。

我就是我

"我们肯定需要谈谈,埃尔维斯!"

埃尔维斯摇摇头。不,他不想谈什么。

"你生我气了,咹?"

公共汽车开进站台。爷爷该上车了,但埃尔维斯沉默不语。

"唉,埃尔维斯,有点什么事,是吗?"

爷爷走向汽车,埃尔维斯跟在后面。

"你说出来吧,吵架也行,我受得了。"

爷爷蹬上汽车踏板。埃尔维斯停在车下。

"我敢吗?"

"蠢话!"爷爷瞪大眼睛,"嗨,埃尔维斯!"

更多的话他也没时间说了,司机叫他快上车。车门关闭了。汽车发动了,缓缓地从埃尔维斯眼前开过。他跑上几步,但汽车继续前行。

他不知所措,继续跑、继续追。

这时汽车停下来,向后倒车,车门打开,爷爷跳下来。他们面对面站着,埃尔维斯的眼泪就要流下来了。

"你真笨!"

汽车在鸣喇叭。爷爷跳上踏板。

"好,埃尔维斯,好!"

"你这么傻,也没什么好的!"

"快离开门口!我要开车了,"司机警告说。

妈妈的第六感觉

"再等一下!"

爷爷跳下车来,一把抱起埃尔维斯,把他抱上车去。

"现在你可以开车了。"他说着递给司机一张十克朗的票子,买埃尔维斯的车票。

"你没有问我想不想跟你去!"埃尔维斯嗓子带着哭音,心里还在生气。

爷爷放下埃尔维斯,瞪大眼睛。

"你批评得对!"

"你们究竟要怎么办?"司机不高兴地说。

"稍稍等会儿,我得问问孩子想去不。"

埃尔维斯自然想去,但为了妈妈的原因不能去。

"我们不能就这样分开,我们得好好谈谈。你得几点回家?"

"我得回家吃晚饭。"

"好吧,"爷爷立刻想出了办法。

埃尔维斯跟着上车,他们可以在汽车上说话。爷爷可以坐到终点站,汽车在那里调头并立即回城。爷爷在回程途中下车回家,埃尔维斯继续坐车,到家正好赶上晚饭。爷爷用请求的目光看着他。

埃尔维斯点点头。就这样吧。他也不想现在与爷爷分手。他跑到车后尾,这里没人,他们在这里可以安静地挨着坐在一起。

我就是我

开始他们一言不发。糟糕的是,埃尔维斯肚子里的气已经消了,他又高兴起来,不知道该说什么。他感觉那个图什腾现在不值一提了。

"只要我们愿意,就可以这样坐下去吧!"

"当然可以,"爷爷说。

"但是,埃尔维斯,你不会害怕对我说自己的意见吧?你自己的爷爷!你必须,你明白吧!当你觉得有什么事不妥时,你应该提出异议。否则,你以后日子怎么过?"

这时气恼又回来了。"以后日子",妈妈也总是这样说。爷爷怎么和妈妈一样说蠢话!

"这话真蠢!"他用力说。

爷爷满怀兴趣地看着他。

"不会比你刚才说的更蠢吧!"

一句话引出另一句话。突然他们坐在那里争论起来。后来埃尔维斯终于爆发了。

"你不能为我做决定。你心里只想着那个图什腾!你几乎不会说点什么别的了!"

这时爷爷把背向后一靠,吹了一声口哨。

"啊哈,原来鞋子在这里挤脚了!"

埃尔维斯勃然大怒。

"什么?你说什么,图什腾太笨!"

"不,他不笨,一点也不笨!"

妈妈的第六感觉

"他就是!他是一个大笨蛋!"

"你不能让我也这样侮辱图什腾,我知道,你也不想这样做。"

"你什么也不知道。你应该承认你刚才不聪明。"

"你也是!"

"不,我没有!"

"对,就是!"

他们脸红脖子粗地生气地吵着。随后两人同时大笑起来。埃尔维斯找不到更多的话,再吵下去就真的愚蠢了,怒气过去了,他忍不住笑了。他靠在爷爷身上咯咯咯地笑。

"这是我们俩第一次吵架,你和我!"

爷爷用胳臂搂着他说:

"对,这当然不好。但人们有时也需要吵架,为了使友谊的基础更加坚固。"

他笑着说,他们以后再修补裂缝,以后会有更多争吵。

"要是我们再也不会有矛盾呢?"

爷爷看看他,说他也希望这样,但人们不可能对所有事情都看法一致,甚至埃尔维斯和爷爷这样的朋友之间也是一样。如果他们只想保持一致,而不说出不同意见才是危险的。更坏的是为了不出现矛盾,干脆不去思考。

"你必须承认有这种可能性,埃尔维斯!"

我就是我

当然,埃尔维斯肯定承认。对他来说,最重要的是像爷爷一样地思考并认识问题。

"这样想就错了,"爷爷说。"人不能背叛自己,那还不如吵架!"

他用力地做个手势。

"对我来说,我宁愿吵架!"

"我也是。"

"并不是随便与谁都吵。"

"对,不能随便与人吵架,"埃尔维斯赞同道。

这个问题挺有意思。吵架并不像人们想象的那么简单。这里有许多学问。现在,爷爷说:

"我只是与我可以相信的人吵。"

这是对吵架的一个新认识。埃尔维斯也同意。他说,这很明显,这就是为什么他与爷爷吵得很好,"因为事后我们会变得非常融洽!"

汽车已经到达终点并转身向城里方向行驶。爷爷很快就要下车了。最后这段路程,他们安静地坐着,手拉着手。埃尔维斯感觉到爷爷从来没有这样喜欢他。他也同样喜欢爷爷。现在,已经没有什么东西可以把他们分开了。

汽车停下来。爷爷到站了。他站起身来,车门打开了。他对埃尔维斯点点头走了。

妈妈的第六感觉

"替我问候图什腾!让他给我写信!"埃尔维斯向他喊叫。

爷爷向他招招手说,他会问候图什腾的。"你也可以来看他!"

汽车门关闭后继续前行,很快就要到站了。这次他要直接回家,要让妈妈也高兴一下。人们有朋友时,就容易当好人。

"你今天过得怎么样?"他一到家妈妈就问。

"挺好!"

"你们都干了些什么?"

"吵架来着,"埃尔维斯实话实说。

妈妈吃惊地瞪大眼睛看着他。

"你说什么?你们吵架了,是真吵?"

"当然是真的。"

妈妈正在收拾新买来的东西。她太吃惊了,失手把装满鸡蛋的纸袋砰地一声掉在洗碗台上。

"我们吵得脸红脖子粗。"他夸大其辞地说。他为与爷爷争吵而感到自豪。

妈妈脸上立刻变得绯红,她不能遮饰自己的兴奋。

"可是,埃尔维斯……你真的与爷爷吵架了?"她高兴而热切地说。她要用打破的鸡蛋为埃尔维斯做个西式蛋羹。想想,埃尔维斯和爷爷终于闹矛盾了!

我就是我

"你为什么事而争吵?"

"为所有可能的事!"

"但你们肯定为什么特别的事情发生分歧了。"

"不是,实际上所有的事,"埃尔维斯又有点吹嘘。他注意到这样做受到妈妈鼓励。

"哎呀,现在你该明白妈妈经常说的话,埃尔维斯!爷爷是个不好打交道的人?不像你想象的那样。"

"不,他不是这样的人。"

妈妈边搅鸡蛋边说话。两个鸡蛋,这个蛋羹可不小。妈妈情绪很好。他知道其中奥妙,他也不傻。但是她高兴一下也不是坏事,尽管这对爷爷有些损失。好在爷爷也不在乎这个,因此他随声附和说,他是不好对付,但这正是他的好处所在。与他在一起时,人们必须精力集中。

"不过,我从来也没想到。"

"不会,你肯定也想到了!"妈妈笑着并让他品尝西式蛋羹。"我恐怕还得多搅会儿?"

她又开始搅动。鸡蛋羹做得不错,黄澄澄,粘糊糊。

"小伙子,你一直对爷爷那么着迷!"

"我现在还很着迷!"

妈妈停止搅动,瞪大眼睛看着他。

"你不是说你们有矛盾?"

妈妈的第六感觉

"对,但是现在我们又好了。"

"你说过你们真的吵架了?"

"对,不过它真的过去了。"

房里安静下来。妈妈缓缓地搅着鸡蛋。埃尔维斯感觉到,需要对她解释一下为什么爷爷现在说得对。

"如果两个人经常看法一致,有时就需要吵一下,否则就会停止思考,只会随声附和。"

"不不,埃尔维斯,现在,我不明白你在说什么。人们看法一致,就不会吵架了? 恰恰相反!"

埃尔维斯头皮上又开始发痒,他极力进行解释,却想不出应该说什么。妈妈只是讲话。

"你自己也听到了,这不合逻辑。要是想法一致,怎么会吵架呢? 你别蒙我了!"

"当然,因为人只会与自己相信的人吵架。"

但是妈妈不想听他说,她一遍遍地打断他。埃尔维斯也不想听她。他们谁也不听谁的。

"你没明白我的意思!"

"你也没听懂我的话,埃尔维斯! 你自己也不明白你在说什么! 你还是给妈妈说实话,究竟是怎么回事,你们到底争吵些什么?"

"没争什么。"

"刚才你还说所有的事情,"妈妈不耐烦地摇摇头,

我就是我

"怎么能对上口？"

埃尔维斯难过地看着她。他感觉疲劳了。这是她的一种典型的争论问题的做法，可以随便争多长时间。这与爷爷争吵有多大区别呀。与他争吵时，可以很生气，也可以电闪雷鸣的，但随后愤怒就消失了，会感觉很舒畅。不像现在这样车轮一样，没完没了地来回转，使人筋疲力尽。

妈妈拿起她的西式蛋羹，尽管她现在可能认为他不配吃它了。

"这里，埃尔维斯！做好了。"

但他却没有了胃口。他不想吃什么蛋羹。他感觉对此有些内疚，他不想再让妈妈生气。

"我不知道能否吃得下，这么多！"

妈妈看到他在难过。她想可能是因为与爷爷刚刚吵架。爷爷可能对埃尔维斯不好，尽管他自己不想承认。可怜的孩子！她的慈母之情油然升起。她的小埃尔维斯，谁也不许欺负他！她又端起蛋羹。

"你看我做得多好！你还是吃点吧！"

埃尔维斯感觉到妈妈情绪上的变化，他不知道为什么，但气氛上轻松多了。妈妈慈爱地微笑着。埃尔维斯也回以微笑。

"我们可以分着吃，"他说。

"你愿意呀，咱们分着吃，你和我？"

妈妈的第六感觉

她高兴地从柜子里取出一个杯子,把蛋羹分成两半。随后他们坐在厨房沙发上。妈妈坐在埃尔维斯身边,每吃一口都发出满意的声音。她看着埃尔维斯微笑着,一副可爱的样子。真好吃!特别是与妈妈一起,更好吃!

两封匿名信

妈妈和爸爸坐在客厅里看电视。天色已晚。

埃尔维斯已经躺下了。他躺在厨房沙发上正在入睡。

窗帘上方突然砰地一响!

埃尔维斯一惊,立刻清醒过来。心脏怦怦地跳。他坐起身子,过去这事也曾经发生过。窗帘盒里的绳子拉得太紧了,也没什么危险。但他还是吃了一惊,过了一会儿才慢慢平静下来。

夜深月明。外面非常漂亮。好像空中闪着亮光。他爬起身,走到窗前。天空中群星闪烁,月亮近圆。明亮的月光洒在院子里。

突然埃尔维斯目光一惊,下面好像有个什么东西。他

我就是我

觉得它在动。一个黑色影子从阴影中溜过。肯定是个人站在那里。

埃尔维斯是这样激动，以至于他感觉嗓子发干，只好先去喝口水，再悄悄回到窗口。他盯着那个影子。看到一个面孔在黑暗中一亮，正看着他，这会是谁呢？

他紧张地抓住窗帘带子，心脏在激烈跳动。他感觉那人在向他招手，做手势要他打开窗子。

埃尔维斯并不特别害怕，但心跳厉害。他应该怎么做？他用力看着下面的那个亮点，他感觉这肯定是个人的面孔。是谁的面孔？他看不清楚。他使劲看也看不出来。这真令人紧张！

这肯定是某个人，他想要找什么，是谁呢？

他首先想到的是玛格纽斯·林德，已经与他失去联系的玛格纽斯。自从去年冬天玛格纽斯说自己是个坏人，对埃尔维斯没好处，他们以后不再见面之后，他就失踪了。

埃尔维斯每次想起他都感觉心痛。

要是他现在站在下面，不敢露面，因为他自己认为他太坏了，他该怎么办？

他可不管这些事，他们是朋友，不能随便从对方生活中消失。

他可以清楚地看到玛格纽斯的面孔，他的微笑和他那双引人注目的明亮的眼睛。

他目不转睛地盯着阴影中的那个亮点，突然他隐隐约约地看到了那双眼睛和他的微笑。

两封匿名信

这时他打开窗户高喊：

"玛格纽斯！"

但是那人身体一抖，拔腿就跑向大街去了。他也没看清是谁。

但他肯定这不是玛格纽斯。

埃尔维斯关好窗子，拉下窗帘。他爬上床去，但难以入睡。他躺着继续想念玛格纽斯。现在，他真正感觉到对玛格纽斯的思念。他在内心深处呼唤：玛格纽斯，快回来吧！想想看，有一天他会突然出现在埃尔维斯面前，光着脑袋，在风中微笑。他可以随时去看他。但是在实际上，他可能永远都不会再见到玛格纽斯了，他预感到了。

这与玛格纽斯干的那些他从来不明白的事有关。塑料袋，那些黑色的塑料袋！玛格纽斯让他送给黄色轿车里的两个小伙子。那里面装着什么？他从来就不知道，他也没看看。这很不符合他的习惯，但他还是想也不想就按玛格纽斯的要求做了。

对了，想也不想，现在，他明白与爷爷吵嘴时他说过的话，"人不能背叛自己"，那还不如吵架。埃尔维斯和玛格纽斯从来没有吵过架。埃尔维斯对玛格纽斯是言听计从。他对别人从来不是这样，对爷爷也不这样，更不用说妈妈了。

妈妈，对了，她还在等着有人从美国给埃尔维斯写信，来自玛格纽斯和斯盖的信。

玛格纽斯有时自称斯盖，他为什么要这样做，埃尔维斯一直不知道。妈妈以为玛格纽斯和斯盖是两个人，还是一对双胞胎，是埃尔维斯让妈妈这样想。为了避免她的那些问题，不引起那么多争论，他附和妈妈，让她按自己的思路去想。

这也是对自己的背叛，这就使埃尔维斯陷入一大堆谎言之中，就像这个美国来信一样。

妈妈经常问起玛格纽斯和斯盖。他们是如此富有，对她的埃尔维斯又这样好，给她留下了深刻印象。有时候，埃尔维斯也不知道怎样回答她的问题。

最后她得出了这些"高贵而可爱的小伙子"不想与埃尔维斯一起玩了，他高攀不上他们。她也一直担心此事，一直关心他们怎么看埃尔维斯。她老是唠叨此事，使埃尔维斯心烦难受。为了结束她的纠缠，他不得不说他们回到美国去了。这样说也行，因为他以前说过他们来自美国。妈妈相信了，现在，又经常到邮箱里看，他们怎么不写封信来。所以，这个灾难还没有完。

埃尔维斯躺在床上，在黑暗中深深叹气。

可惜，刚才月光下站的不是玛格纽斯。

过一会儿，埃尔维斯似乎觉得那人肯定是玛格纽斯，这是他的典型作风，突然从月光里冒出来。

还有这奇怪的窗帘！这也可能是他干的。他的那双神奇的眼睛只要看看窗帘，它也会响的。他还有点魔术师的技巧，只一下就消失了。

两封匿名信

不过,考虑这些都没有用。

那人不是玛格纽斯·林德。至于是谁,也不重要了,也可能是个埃尔维斯不认识的人。

他翻过身,睡着了。

第二天早晨,妈妈拿来两封给他的信。尽管很少有人给妈妈写信,她还是经常最早跑去取信。除了个别明信片外,信箱里经常塞满广告。但每次信箱一响,她都像在等待出现奇迹一样激动。

"埃尔维斯,你今天有两封信。"

她站在门口,一只手里拿着一封信。一封是红色的,另一封是棕色的。没有一封是美国来信。

"这可能是图什腾写的,"埃尔维斯说,"给我吧!"但妈妈不肯松手,她非常好奇。她对图什腾来信不太感兴趣,她说这太孩子气了。安娜露丝从来不写信,所以,她在关心爷爷来信,她必须检查一下爷爷写没写什么不适合埃尔维斯的东西。

"不,我看不是图什腾写的,"她似乎在怀疑什么。

"把它们给我,"埃尔维斯着急了。万一真是玛格纽斯的来信,妈妈看见就不好了,他不在美国。

埃尔维斯想从妈妈手里抢过信。

"等等,埃尔维斯!这邮票有问题,肯定是张用过的,从邮票上可以看出来。"

"把它们给我!"埃尔维斯更加着急了。如果信上有什么奇特的东西，肯定是玛格纽斯干的。他喜欢干些令人摸不着头脑的事。

妈妈取来一把刀子，打开信封。

"我不能自己看吗？信可是写给我的！"

他请求着，央求着，几乎是乞求着她。妈妈看看他，把信递给了埃尔维斯。他声调中的某种东西，她也不知道是什么东西，使她心中不安。

"我只想知道信是谁写的，埃尔维斯！你不应该对妈妈有什么秘密。你还太小，你明白吧！就这样。"

他取出了第一封信，这是什么信！他的耳朵立刻变得与信纸一样红。

整张信纸上就草草地画着一颗心，心里面用斜体字写着"埃尔维斯·卡尔松"，之后有个加号和一个女孩红嘴唇。嘴唇放出一个心型的说话气泡，上面写着："我爱并吻你。"

真令人头疼。怎么能让妈妈看见这些东西！他感觉妈妈正在盯着他看，因此极力装作没事儿一样。

另一封信放在一个打字机打的棕色信封里，信本身也是打印的，清楚而明确。如果说前一封信使他脸红心跳，这后一封信却让他手脚冰凉。这不是什么爱情宣示，而恰恰相反。信上写道：

"你有个敌人，埃尔维斯·卡尔松！

你想知道是谁吗？今晚七点到铁路桥旁！你单独来！

——一个想知道真理的人"

两封匿名信

信纸最下面画着一个眼窝空空的骷髅,背后是两根交叉的腿骨。

一个敌人,埃尔维斯对此一无所知。他盯着骷髅,一遍遍地读着敌人二字。想想,如果这封信是那个敌人写的,它就是封危险的信。他从头到尾读了一遍又一遍。

在惊恐之中,他忘记了另外那封信,也忘记了妈妈。她悄悄地站在那里等待着。她感觉到信里有问题,是什么事要发生在她的埃尔维斯身上呢?

"小埃尔维斯,信里有什么事吗?我可以看看吗?"

埃尔维斯抬头看看,在迷茫中,他把信递给妈妈。她读过后,非常激动,要求看另外那一封。他递给她时脸上一红,想再收回它,可惜又太晚了。妈妈已经看过了。她哈哈大笑。这只是小孩子气,不值一提。但画着骷髅的信太可怕了。

这是两封匿名信。这种信没有任何人的签字,因此叫匿名。妈妈说,写这种信的人往往不怀好意,因此不想让人知道。她感到不安,是谁想对她的埃尔维斯不利呢?

随后她突然调转矛头,怀疑起埃尔维斯来。

"这究竟是怎么回事,埃尔维斯,你都干了些什么,我怎么从来就没收到这种信件呢?没风总不会起浪吧?"

她激动地说着,在屋子里来回地走动。毫无疑问,

我就是我

她为埃尔维斯焦躁不安。现在，他应该感受到了。遗憾的是，像埃尔维斯这样的孩子特难管教，必须下很大气力。这些她已经读过了。这种孩子经常出事，因为他们以为人们在外面可以随心所欲。幸亏是妈妈知道了。要是别人，谁管他呀！那时他还不得碰钉子！但只要妈妈为他保持一双警惕的眼睛，他就不需要害怕，妈妈决不会让任何人碰她的小埃尔维斯。只要有妈妈，他应该高兴。

她深深吸口气，满怀深情地看着他。埃尔维斯什么也不懂。她是生气吗？又或者她同情他？

她说了这么一大堆话是什么意思？是想让他认识到问题的危险性？但这些话与信有什么关系？这时她拿着信在他面前晃了晃。

"妈妈得好好研究下它，埃尔维斯！你可以相信我！"

埃尔维斯不知道，这是一个威胁还是帮助的表示。

爸爸回家后，她与他进行了全面讨论。但他不相信这信是严肃的，他对他们哈哈大笑。

"这肯定是几个孩子想与埃尔维斯开个玩笑。让他们去闹吧，如果你掺和进去就失了身份。"

埃尔维斯同意爸爸的看法。但妈妈认为爸爸这样说不负责任。埃尔维斯可能会发生事情，他不明白吗？

埃尔维斯想自己去铁路桥，而妈妈想让爸爸禁止他单独

两封匿名信

去,她想爸爸和她也跟着去,但爸爸拒绝了。

"要是埃尔维斯后面跟着大队人马,那人就不会糊里糊涂地出来现身。"

埃尔维斯也这么说。信中还说敌人要求与他单独见面。但妈妈并不放弃。

"那么,埃尔维斯可以先走,我们悄悄地随后跟着,把那个坏蛋抓个现行。"

但埃尔维斯不同意搞什么圈套,对敌人也不行。

"我可不去。"他简单地说。

"我也不去,"爸爸说,"你自己去抓现行吧。"

他对埃尔维斯使个眼色,他们嘻嘻哈哈地笑起来。妈妈气得火冒三丈,立即去给斯万打电话。她终于找到了知音,斯万和她看法一致,都认为这是个严肃问题,不能开玩笑。她同意跟着妈妈装作去散步。妈妈将戴个墨镜和大礼帽,使人们不容易认出来。斯万会帮助她。

"你们等着看吧!"她对爸爸和埃尔维斯怀着胜利的喜悦说,"并不是只我一个人认为这事可怕。斯万真好!埃尔维斯,你应该害臊,非但不感谢妈妈,反而讥笑我!此外还有你!"

她用眼睛盯着爸爸。她说一个大男人一点儿也没有见识。但埃尔维斯和爸爸还在嘻嘻哈哈地笑,直到斯万来接妈妈他们才就此打住,并开始振作起来。

斯万觉得妈妈的墨镜太小,她给妈妈带来一副特大墨镜,她帮助妈妈把头发全部塞进礼帽。"现在,谁也认不出你了。"她说。

随后两人就出发了。她们动身很早,离七点还有相当一段时间。

她们一走,爸爸就对埃尔维斯说:

"走,咱们也去看看侦探们的表演。"

埃尔维斯当然不会反对。他们开车跟着妈妈和斯万。这是一个美妙的夏日夜晚。人们在大街上、公园里散步,享受着生活。他们步伐缓慢,只有妈妈和斯万大步向前。

爸爸和埃尔维斯与她们保持一定距离,以免被发现。汽车窗户大开,缓缓前行。爸爸在路上不停地说着笑话。

"可怜的坏蛋。这两个大侦探可不容易对付!"他笑着说。

铁路桥那边经常很少有人,这会儿更没有什么人气。只有妈妈和斯万大步走来,鞋跟踏在地上咯咯作响。妈妈摆出个随时出击的样子。爸爸和埃尔维斯坐在汽车里,笑得喘不上气来。爸爸把车停在树丛背后。从这里他们可以把铁路桥上及其周围地带看得一清二楚。他们下车并隐身于附近的树丛之后。

两封匿名信

目前还没有任何异常出现。铁路桥旁有架木梯,妈妈和斯万正沿梯而上,装作观光游览。她们指手画脚,东张西望。

"多好的一对演员,唉?"爸爸小声说。埃尔维斯咯咯笑得几乎都肚子疼了。

斯万站在那里,装腔作势,装作旅游者。爸爸模仿她的动作,逗得埃尔维斯又爆发出一阵大笑。

现在,她们正在走下阶梯,什么也没有发生。她们在周围转悠,实际上已经放弃了希望,但还在不甘心地张望。

这时两个女孩骑车向木桥驶来。妈妈和斯万躲在桥下,以免被她们发现。爸爸猜想她们现在高兴了,因为总算有人来了。但她们也明白,这两个姑娘与那封信没关系。

姑娘们在大桥旁边下车,站着说了会儿话。一个姑娘个子很小,另外一个却相当高挑。

"你认识她们吗?"爸爸悄悄地问埃尔维斯。

不,埃尔维斯一点儿也不认识。她们俩在桥下分手了。大个子沿路继续前行。小个姑娘要推车上桥。她很吃力。突然她崴了下脚,自行车脱手而去。她高声惊叫,自行车滑滚到桥坡下。她开始大哭起来。

妈妈和斯万冲了出来。斯万扶起车子,妈妈忙去安慰姑娘。她腿伤得不轻。妈妈掏出手绢帮她进行包扎,随后又扶

我就是我

她过桥。姑娘靠在妈妈身上,腿有些瘸。妈妈轻轻拍拍她的脑袋。

斯万已经推车过桥。她们站着检查车子。很明显,这姑娘没法骑车回家了。过了一会儿,三个人都走了。姑娘仍然偎依在妈妈身上,慢慢地消失在街角处。她们就这样结束了追踪坏蛋的计划。

"你看,如果你现在过去,我们也许会搞清有没有敌人。她们走了,而我可以在这里等着。"

爸爸回到车上。他不想露面,除非真有危险,但他估计不会有。埃尔维斯向大桥走去。汽车已经停好了,没人会发现它。好像埃尔维斯真是一人。他直接走上大桥,以便人们能看见。他在桥上站了好长一会儿,随后下来在桥下又站了一大会儿。但没有人来,附近也没看到任何人。再等下去也没意思,他跑回爸爸那儿,然后开车回家了。

大约过了半小时,妈妈也到家了。她手里拎着帽子,头发也恢复到原来的式样,墨镜已经还给斯万。斯万她已经回自己家去了。妈妈觉得挺可惜,没有抓到坏人,但她还是有不少可以谈论的。

她喋喋不休地谈论起那个"可爱的姑娘"。

她碰得不轻,整个一条腿被车蹬划破了好几块皮。妈妈把她送回家,斯万帮助她推着自行车。姑娘一直靠在妈妈身上。

两封匿名信

爸爸和埃尔维斯悄悄交换个眼色,装作一无所知的样子,满怀兴趣地听着。

妈妈给她买了大冰激凌,她非常感谢。她的感谢"令人感动",妈妈强调说。同时她看了下埃尔维斯。

"我问过她是否认识你,她不认识,但你们在同一个学校上学。她知道你,但相互不认识。"

听妈妈话声,似乎这也是他的错误。当这个姑娘知道埃尔维斯的时候,他起码也应该知道她是谁。但他对她毫无所知。

"她叫丽萨·荣。当我说你叫埃尔维斯,是模仿埃尔维斯·普雷斯利时,她说是她模仿丽萨·米奈莉①起的名。她愿意我叫她拉侬萨。她有一双又大又圆的漂亮眼睛,这孩子太可爱了!"

妈妈似乎在自说自话,她心里一直想要个女孩。

她把追踪埃尔维斯的敌人的计划早已扔到脑后。这样也好,埃尔维斯平静地想。爸爸和他还是从中得到了不少欢乐。

事后他又感觉不好,不管怎么说,良心上总感觉对妈妈欠点什么。

---

① 丽萨·米奈莉(Liza Minelli),1946年生,美国著名演员和歌唱家。——译者注

蟾蜍与夜莺

蟾蜍与夜莺

这是乡下生活的最后一天。

埃尔维斯正站在大黄棵旁,向蟾蜍告别。爸爸的假期结束了。他们已经在别墅里连续住了几个星期,今天晚上要回城了。

他轻轻叹口气,把大黄叶掀起一些。

蟾蜍像往常一样趴在洞穴里,在大黄叶底下避光取凉,太阳下山后,天黑了才跑出来游逛。

它害怕所有人,但就是不怕埃尔维斯,对他已经习惯了。当埃尔维斯来并掀开黄叶时,它一动不动地趴着。埃尔维斯看着它时,它也看着埃尔维斯,静静地聚精会神地看着。它一点儿声音也没有。它不会发声,但眼睛特别漂亮。

我就是我

埃尔维斯知道这是怎么一回事。

很久以前,蟾蜍有一副动听的嗓子。它的歌声比所有的小鸟都好听。当时它眼睛不好,特别小,几乎看不见,加上愚笨的身体,显得特别丑陋。没有任何吸引人的地方。

但它的嗓音还是动人的。

小鸟们都嫉妒它的歌喉。蟾蜍唱得比鸟儿们都好听,这太不公平了!也不合适呀,鸟儿们都这样认为,其中夜莺最为不满。因为当时它的嗓子不好,在鸟儿中间也抬不起头来。

但它却有一双漂亮的眼睛,当时所有的鸟儿们都没有它的眼睛好看。这是它的唯一财产,可是不会唱歌,眼睛好看又有什么用?

夜莺一直因为自己的嗓子而伤心。

一天,它碰见了蟾蜍。它也正在为自己的丑陋面容难过。它虽然有副好嗓子,能用其动听的歌喉吸引来许多动物,但它只要一露面,大家马上逃之夭夭,因为它太难看了,歌喉对它一点用处都没有。

动听的声音对它来说只是负担。

夜莺也是一样。漂亮眼睛也没用。没有人知道的,也没有人看到的。没有好嗓子,一只灰色的小鸟就吸引不了人,事情就是这样。

现在,夜莺和蟾蜍相识并相互信任。它们互相同情并互

蟾蜍与夜莺

相安慰。它们决定一起做点什么。

它们达成了共识:一只鸟最重要的是有好嗓子,但蟾蜍不需要。

而蟾蜍需要美容,一双漂亮的大眼睛正是它的追求。

这样夜莺和蟾蜍决定相互交换。

夜莺得到了蟾蜍的歌喉。

从此之后,它就成了百鸟之中的歌王。

而蟾蜍得到了一双最漂亮的眼睛。

奶奶曾经给埃尔维斯讲过这个传说。

埃尔维斯弯腰仔细看着蟾蜍眼睛深处,看了很久。他看到里面还残存着某些伤感,这可能是因为它变成了哑巴,再也不能唱歌了。

如果仔细听听夜莺的歌声,人们也可能听出某些伤感,这不仅仅是因为夏天的短暂,而且也因为它失去了过去曾经拥有的漂亮眼睛。

埃尔维斯叹了口气。

夏天并不像大人们说的那么短暂,其实挺长的。

埃尔维斯想在乡下继续住下去,但是不行。爸爸必须开始工作。妈妈身边没有成年人和她说话,神经都会衰弱,"我不能单独留在这个亭子间里"。

什么是"单独留下"?不是还有他吗?这时候他就不算人了?当她想要与他在一起时,他才算个人。而他自己想做什么就没有人听。

乡下也没有她聊天用的电话。

此外,现在即将下雨,电视里是这样预报的。夏天结束了。

那些天气预报真差劲,它就会破坏孩子们的夏日生活,安娜露丝这样认为。她的姥姥与埃尔维斯妈妈一样,在听天气预报之前对什么事也不做决定,总是要听天气预报,不是听收音机,就是看电视,真令人难以忍受。而只要人们决定做点什么,预报就会说要下雨,或者刮大风,又或者雷雨。妈妈讨厌刮风,特别害怕打雷。

随后可能又会说预报有误,这是最可怕的。人们坐在那里,错过了许多好玩的机会。

爷爷从来不听天气预报。对他来说,所有的天气都是好天气,可以做不同的事情。他才不会因为滴几个雨点,就放弃郊游计划呢,从来不会。

"再见,小蟾蜍!我们会再见的,不过我也不知道什么时候,你明白吧!"埃尔维斯小声说,"你的眼睛比那个拉侬萨要漂亮多了,再见!"

他放下大黄叶,叶片在茎干上摇动,他站在那里直到它安静下来。

妈妈认为埃尔维斯嫉妒拉侬萨。她喋喋不休地谈论那个可爱的孩子。她从来没有见过这么大的漂亮眼睛。埃尔维斯

蟾蜍与夜莺

有一次说蟾蜍的眼睛更漂亮,这下把妈妈逗乐了。

"小伙子,你可真会说笑话,你好可爱!你不会嫉妒吧,是不是有点儿?"

他并不嫉妒,只是受不了她的唠叨,没完没了的"可爱的孩子"、"漂亮的眼睛",特别是她过去说过她更喜欢要女孩子。

他们到家时,天还没黑,小鸟仍然在欢唱。这个时候必须回城里,不能在乡下多停些日子,这使他心中不快。今年,他特别想待在乡下,待得时间长些。但再说也没用,他也就没坚持。

如果他明天可以坐车去看爷爷……

对,这个主意好,夏季还没有结束,他要去看爷爷奶奶。

只要他能得到妈妈的同意。

他们刚走进房子,电话铃就响了。爸爸拿起电话,是爷爷打来的,要与埃尔维斯说话。

他们好长时间没通话了,整个在乡下的时间都没通话。他们有许多话说。爷爷可能想叫埃尔维斯过去,而他也正有此意。埃尔维斯接过话筒。

但埃尔维斯马上从爷爷的语调中发现,他打来电话另有原因,似乎与埃尔维斯没有关系。他听爷爷突然说道:

"我这里有个人要与你谈谈,埃尔维斯,你等一下。"

我就是我

这时电话里传来了图什腾的声音！埃尔维斯一下子就听出来了，尽管他也好长时间没与图什腾见面了。

"你好，是我，"图什腾说。

"你好——"埃尔维斯自己也感觉声音不正常。

他脑子里思绪万千。这意味着什么？图什腾这个时候待在爷爷家里，天都黑了。

他听着图什腾在电话另一端说话，只好听听他要讲什么。他在说埃尔维斯的信。

"你必须说清楚你的意思，你是说地球中心，还是世界中心？这两者差距可大呢。"

噢，埃尔维斯不知道。

"地球仅仅是指这么个小球。但是世界包括了整个宇宙和星球们等等这一切。"

"真的？"

埃尔维斯不想多说话，他满脑子都在考虑图什腾这会儿待在爷爷家里干什么。天都这么晚了，都九点了。因此，对图什腾说的事不感兴趣。

"你究竟指哪个？"图什腾固执地问。

"我不知道，我没有仔细想过。"

"你是说这个地球，我还得知道你是不是指地球横切面。如果是这样，事情就简单了，地球中心里面没有任何生命。"

蟾蜍与夜莺

"唔。"

"要是你说的地球表面,就是另外的一个问题了。那事情就复杂了,因为我还得先确定从哪里出发。"

"噢。"

"所以,你究竟是指什么,我必须知道。"

埃尔维斯在思考,话筒里停顿了一会。

"你可能觉得一下子很难作出决定?"图什腾用理解的语气说。

"对对,是很难,"埃尔维斯松了口气。话筒里又沉寂了。

"本来我想写信,"图什腾说,"但是讲清这些问题可能得写很长,说说就容易多了。你可以再想下,我们以后再打电话,再见!"

这时爷爷接过话筒。他笑着说,现在,埃尔维斯可有事干了。但埃尔维斯还是不想说话。他感觉爷爷变了,有点不自然。可能是因为图什腾站在旁边。但是,图什腾为什么要站在那里?这可是个大问题。所有其他问题,什么宇宙、地球啦,现在都不重要了。但埃尔维斯什么也没问,爷爷也没做任何解释。

爷爷没有提要明天埃尔维斯去乡下的事。埃尔维斯本来以为他会提出这个建议,但爷爷只是开些小玩笑,一点重要的事也没说。这太不像爷爷了。他以前一听就知道埃尔维斯不高兴了，或者有问题了，会立即提出建议，但这次不同。

他变成了一个陌生的爷爷。这肯定是因为图什腾，爷爷越来越关心图什腾，这很明显。他可能对埃尔维斯厌倦了。

埃尔维斯知道这些想法不公平，但他还是在想。他真想与爷爷吵上一架，真正地大吵一场。但是现在又不行，妈妈就在身后，而那边图什腾就在爷爷身边。

结果，他几乎不回答什么问题，电话变得毫无内容，他与爷爷从来没有过这样的谈话。

他们互相告别。正当埃尔维斯要放下话筒时，他听到爷爷的呼叫。

"你应该尽快来看看我们。埃尔维斯，你都好长时间没来了！"

"尽快？为什么不说马上过来，埃尔维斯！就像过去经常说那样，坐明早第一班车来，我们都想你了！"这时埃尔维斯会像子弹一样飞奔过去。

通常的阻碍来自妈妈。

现在的问题是爷爷自己。他从来没有这样半心半意地向埃尔维斯发出邀请，这使埃尔维斯沉默了。他不知道怎么回答，他慢慢地放下了话筒，感觉心中不快。

他默默地站在电话机旁，有点伤心。妈妈站在厨房

蟾蜍与夜莺

门里,用询问的目光远远地看着他。她没问什么,只是看着。她听到埃尔维斯不去看爷爷,这对她才是最重要的消息。

他静静地离开电话机,妈妈也消失在厨房里。

95岁老人出游记

95岁老人出游记

"人生是短暂的,"安娜露丝的老姥姥经常这样说。

她确实这样认为,她很快就95岁了。埃尔维斯才8岁,但他已经感觉这时间太长了。

如果老姥姥能活到100岁,她还是会说生命是短暂的,很快会死。不过"很快"的意思是什么,是几年,还是明天?

时间是个神奇而难以理解的东西。它既存在,又不存在,就是这样。埃尔维斯经常思考时间这个问题,因为过去没有人真正明白它们。这些问题需要人们反复考虑,才能真正理解它们。

老姥姥喜欢讨论这类问题,埃尔维斯有时会去找她聊

我就是我

天,即使安娜露丝不在家时也会去。

老姥姥经常一个人在家,坐在窗口前的一张小桌子旁边,手里总拿着什么,好有点事做。

她周围的一切都属于已经过去的年代,包括她自己在内。尽管她仍然颇有活力,她还是经常说她很快就要死了。

今天埃尔维斯去看老姥姥,他知道她会高兴的。他还为她特地从乡下采集了一束风铃草。他按下门铃并等待着。开门一般需要些时间。但这次,他很快就听到了轻轻的脚步声。门应声而开。①

门前站着安娜露丝。

他们同时又惊又喜。

"你怎么知道我在家里?"

"第六感觉!"

埃尔维斯向她介绍了妈妈和她的第六感觉的故事。安娜露丝哈哈大笑。她刚刚回家,才刚进门。妈妈找的那个"新爸爸"对约兰岛②厌倦了,他们现在要去斯康奈③,明天就动身,安娜露丝必须跟着去。但今天她没事。妈妈和那个新的爸爸去参加宴请了。

---

① 这一段中的风铃花和下几段中的风信子我都统一改成了风铃草,因为它的花语有健康之意,适合在看望老人的时候用。——译者注
② 约兰(Öland),瑞典第二大岛,位于瑞典东南部。——译者注
③ 斯康奈(Skåne),瑞典最南端省。——译者注

95岁老人出游记

老姥姥走了出来,高兴而热情。

最近一段时间没有什么好玩的事情,她的情绪有点低沉。

"人们也只能这样,谁让我这么大年纪了,又老、又孤独、又笨呢!"她说。

"不笨,"埃尔维斯不喜欢人们这样说自己。

他手里拿着风铃草站在那里,开始还有点犹豫。好在花束很大,他把它分成两束,一束送给老姥姥,另一束给了安娜露丝。

他们好长时间没有见面了,大家互相看着。安娜露丝微笑着。门厅墙上挂着个大镜子。她拉着他们一起来到镜子前,想让他们都在镜子里看看三人在一起的样子。现在,他们三人站在一起,安娜露丝和老姥姥各捧着一束风铃花,埃尔维斯站在中间,共同置身于金色镜框中。老姥姥满意地看着他们说:

"对了,时间流逝很快,但我们都变化不大。我们三人差距不大。"

她请他们一起到她的房间。

"我只是想在床上靠一下。"

她爬上自己的床。床头上摆满了枕头,她大部分时间都在坐着而不是躺着。安娜露丝跑到厨房拿来冰棍。随后他们都上床坐在床尾与老姥姥一起吃,同时谈起他们上次分离后发生的事情。他们都不是爱嚼舌头的人,但没别人在场,就毫无顾虑地交谈起来。

我就是我

安娜露丝介绍约兰岛和那个新爸爸的事,说他不敢下水,整天只想晒太阳,而约兰阳光不足,他们认为斯康奈阳光充分,因此他们要离开约兰。安娜露丝希望斯康奈那边下雨,把他们浇成落汤鸡,这样她们就可以早些打道回府了。

"否则我就逃跑,"她严肃地看着埃尔维斯,问他夏天是否见过她爸爸,她是指的恩纳·波路瓦尔。

当然了,埃尔维斯见过波路瓦尔多次。他还在火车站工作。

"他问起过我吗?"

"当然,我们现在去找他好吗?"

老姥姥睡着了。她脸色绯红,在梦中微笑,安娜露丝深情地看着她。她当然想去看波路瓦尔,但老姥姥在他们在身边非常高兴,她不想马上离开她。今天他们能够聚在一起也不容易。如果他们现在就走,老姥姥会非常难过。

这是真的,埃尔维斯很同意她的话。他也不想把老姥姥一个人孤独地留在这里。本来,他来这里是要看望她的。

这时老姥姥的脸上露出焦躁不安的神情,她睁开眼睛,但不看着他们,好像还在睡梦中,嘟噜着"我后悔,我后悔,我好后悔!",一副茫然若失的表情。

安娜露丝弯腰对她说:

"老姥姥,你后悔什么呀?"

老姥姥抬起头看她,但眼睛没有看见她,眼神暗淡无光。

95岁老人出游记

她深沉地叹口气说,她不知道后悔什么。随后又沉睡过去。

"她这段时间太孤独了,这对她不好。"安娜露丝说,"她真够可怜的。"

"要是我们能为她搞点活动就好了,"埃尔维斯回答说。

现在,老姥姥茫然若失地向上看着,同时嘟噜说:

"我盼啊,盼啊,好盼啊!"

安娜露丝弯腰问道:

"你盼望什么?"

但老姥姥还是不知道她盼什么或者想念谁,她只是盼望着,紧闭嘴巴,眼睛看着远方。

"我们必须为她做点什么,"安娜露丝小声而坚定地说。

但是做点什么?什么活动是她能够参与的,这可不容易知道。他们都在思考。安娜露丝说:

"她已经没有气力干什么了。"

"好玩的比不好玩的事情要容易些,"埃尔维斯说。

安娜露丝担心地看着老姥姥。她睁开眼睛又开始自言自语:

"我不敢,我不敢,我不敢……"

"什么呀,老姥姥,你不敢做什么?"

这时老姥姥把目光集中在安娜露丝身上,小声但却很清楚地说,她忘记了,也可能从来就不知道。随后她突然清醒了，脸颊上出现了红晕，对他们微笑着。

"我又说胡话了吧？"

"没，您刚才只是说了些梦话。"

"这肯定是缺氧了"，老姥姥转身调整枕头，"这肯定是因为缺氧，"她说。

这时埃尔维斯想出一个主意。

"我先出去一会，几分钟后就回来。"

"你要去干什么？"安娜露丝跟着他来到门口，但他不想在计划有些眉目之前说得太多。安娜露丝不像他妈妈那样爱唠叨，她理解这些，只是点点头。

他尽量抄直路跑向火车站。他运气不错，刚好在波路瓦尔下班前赶到，在最后一分钟找到了他。

"安娜露丝在城里！"他一下子就抓住了波路瓦尔的注意力。她就今天有空，她很想见波路瓦尔，却又离不开老姥姥，因为她缺氧，老说胡话。她这些日子过得太单调了，最好能帮助她找点乐子，让她高兴一下。他们可以做点什么？

波路瓦尔立刻就明白了问题所在，找点好玩的事情对他来说并不是什么难事。只要……

"问题是他们接受不接受我，"他说。

"这个好办，"埃尔维斯太急切了，脚差点踏空，"他们都不在，就我们几个在家。"

"那就好办，我们看看可以做点什么！今天是我们的，今天是我们的，埃尔维斯！"

95岁老人出游记

他笑着搓搓手。一个计划已经诞生了。这将是个惊喜。埃尔维斯需要做的唯一事情是,回去让老姥姥立刻做好郊游准备。

"半小时之后波路瓦尔就到,之后就不会有人再缺氧了,"他哈哈笑着说。

他现在感觉好了,这从他自称波路瓦尔上可以听出来。

"好吗,我们就这样开始吧,"他对埃尔维斯说。

"好的,"埃尔维斯跑回去告诉她们说,"现在,活动开始了。波路瓦尔正准备给我们一个惊喜。"

"但是他准备了些什么!"老姥姥拍拍双手,顿时兴奋起来。她挺喜欢波路瓦尔,她知道他在这里不受欢迎,但对此不加理睬。这使得事情变得更加紧张好玩。

安娜露丝找出妈妈的黑色带帽子的呢子外套,但老姥姥不想穿。

"但你必须穿它,"安娜露丝坚决地说,"郊游就得穿着舒服点、实际点,你明白吧!"

但老姥姥要漂亮。

"它太黑了,穿上它我会难过,"她说。

她想穿妈妈的淡蓝色的新外套,那样子好看多了。

埃尔维斯也感觉穿黑色没有节日气氛。老姥姥高兴地穿上蓝外套。虽然有些大,但大得好看。

"你可得小心点,"安娜露丝担心地说,"可不能让妈妈知道。"

我就是我

"这个自然,这次郊游不能让任何人知道。这是个秘密!"老姥姥压低嗓门说。

"我保证一个字儿也不说。"她高兴地小声说道。

但她拒绝穿与蓝外衣相配套的长裤子,说这会破坏一切。

"这是最实际的。"安娜露丝试图解释说,但没有用。

"我会变成个小鬼一样!"老姥姥气哼哼地说。

安娜露丝叹口气,取来妈妈的长裙子。

"随你的便吧!这个行吗?"

当然,这个肯定行。这是妈妈最好的长裙子,正是老姥姥想要的。裙子上带花,穿上显得喜庆,只是太长了点。她穿上之后,它立刻滑到地上。

"我怎么也得穿上它!"老姥姥用恳求的目光看着埃尔维斯。

他明白他必须解决这个麻烦。他找来找去,最后在抽屉里找到一副吊带。安娜露丝找来一条皮带。他们花费了很大气力,才把袜子穿上,而且长短正好。

老姥姥非常满意。当波路瓦尔到达时,她正在大厅镜子前展示裙子。

"我现在漂亮吗?"她问。

"对,当然,"波路瓦尔说,"非常漂亮!"

随后,他们出发了。波路瓦尔怀里抱满了老姥姥的枕

95岁老人出游记

头。这次郊游可得让她舒舒服服。埃尔维斯抱着两条毛毯,安娜露丝拿着伞,以防下雨或者阳光过强。老姥姥自己提着音乐箱。

街上一辆出租车在等着,他们乘车来到河边上的一个大公园。河边停着一只小船。波路瓦尔把枕头放在船头,使老人上船后可以舒舒服服地像坐在家里床上一样观赏风景。

埃尔维斯和安娜露丝跳上船。波路瓦尔划动双桨,小船缓缓离开河岸,划向大树遮掩下的河水。碧波盈盈,木桨轻荡,阳光温和,空气清新。这是下午时分,黑鸠在岸边林子里歌唱。

这真是良辰美景。老姥姥的眼睛发亮,她打开音乐箱,美妙的歌声在河水中荡漾。小船顺水而下。

波路瓦尔用强有力的肩膀划动双桨,时而平稳有力奋勇向前,时而停桨不动顺流而下。他对这次郊游也很喜欢。他也是单身,今年夏天还没得到休息。不是因为夏天,人们就可以去休息的,他说。他有工作,而老姥姥却无所事事。

周围的房子和庄园越来越少,他们已经进入农村了。老姥姥一点也不想睡觉,她不停地问着路上看到的所有事情,还非常关心时间。听到离天黑还有很长时间时,她感到很高兴。

"我们可以在外面多待会儿吧?"

她盼望这开心的日子永远不会完结,而波路瓦尔正好也有时间陪着他们。

"今天是我们的!"他说。

埃尔维斯有点不安,妈妈不知道他的去向,肯定又开始着急。他努力排除这些干扰,今天可是老姥姥的节日!

他们把船停泊在一个漂亮的地方。一棵老柳树把枝叶伸向河里,在水面上留下美丽的倒影。波路瓦尔带来了一大篮子食物、水果、点心和咖啡等饮料,他们在这里野餐。

他把船停泊在树阴下。大家慢慢地享用带来的美味佳肴,度过了很长时间。餐后老姥姥依然精神很好。在家时她饭后总要睡会儿,但今天却不想睡。

"你真不想休息一会儿?"安娜露丝担心地问道,"太累了也不好,你明白吧?"

但她还是一点也不想睡,她一再询问时间,为离郊游结束还有很长时间而高兴。

他们又向前划去。两岸绿意更浓。波路瓦尔说如果愿意,他们可以划向大海,但那样回来就晚了,得半夜了。因此过了一小时后,他开始往回划。

"我希望回去也需要与来时一样长的时间。"老姥姥说。

"对了,回去用的时间可能要更长一些。"

这时他们沿着河边划行,边上水流缓慢一些。突然,他们发现在芦苇丛中有一个白塑料袋。他们来时没有见过。袋

95岁老人出游记

子鼓鼓的,像个形状不规则的气球。波路瓦尔划近一些。袋子移动的方式有些奇怪,好像是里面有股神奇的力量正在推动袋子离开芦苇与石头的阻挠。

袋子里传出轻微的簌簌声响。

安娜露丝瞪大眼睛,大着胆子看着。

"里面有东西在动!"安娜露丝喘着粗气说。

波路瓦尔用桨把袋子拉过来,放在船上。

塑料袋里确实有东西在动。袋子上方打着个结,波路瓦尔解开袋子,其他人在静静地看着。

一个毛茸茸的小动物露了出来,是一只仅几个星期大的灰色小猫,瞪着蓝色眼睛惊恐地看着他们,神情紧张,但却也没有其他毛病。它是怎么落入这个袋子,是怎么掉进河里的?

"有人想溺死它?这太可怕了!"安娜露丝小声说。

她自己也像只被吓坏了的小猫,就要哭出声了。

"也不一定,"老姥姥说,"也有可能是有人想救它呢。"

老姥姥可不想在她郊游期间发生这么悲惨的事。她想从好的方面看这件事。有人把小猫放在芦苇丛中,希望它可以因此获救。

不管怎么说,小猫获救了,它也很快安静下来,它可能在袋子里面待的时间并不很长。

我就是我

饭筐里还有瓶奶油。老姥姥把奶油倒在她手心里,小猫舔着吃。随后它开始在枕头之间爬动,跌跌撞撞的,特别好玩。最后它钻进了老姥姥的怀抱,找到了自己的归宿。

安娜露丝也很想要它,但它自己找到了老姥姥。它显然知道自己的需要,直接找到了她,成了她的猫咪。老姥姥平静地理所当然地收养了它。

天色慢慢暗了下来。

空气中有着淡淡的花香和隐约的小鸟的鸣叫。

安娜露丝向后偎依在波路瓦尔一条腿上,埃尔维斯靠在另一条腿上。当波路瓦尔划船时,每划一下,他的腿跟着晃动一下。他们从背上感受到这个动作,感觉到非常安全。

"我真想整个晚上都这样坐着!"安娜露丝说。

"我也是,"埃尔维斯说。

老姥姥什么话也不说,她可能也想和小猫坐上一整夜。她不再关心时间的早晚。

波路瓦尔静静地坐着,慢慢地划着。

"你在想什么?"安娜露丝问道。

"我得好好想想。"波路瓦尔回答。

"你必须想想自己在想什么?"

"对,这不奇怪吧?"

他想了一会儿后说,"我在想这只猫应该叫什么名字。这需要时间,因为它的名字应该适合它现在的处境和以后的生活。"

95岁老人出游记

波路瓦尔知道自己在说什么,是他为安娜露丝起的名,名字必须能用一辈子。

"但这取决于现在拥有它的人,"他说着拍拍安娜露丝的脑袋。

他说他知道安娜露丝会把她的名字变成世界上最漂亮的名字。

埃尔维斯同意这个判断。他想起自己的名字来自埃尔维斯·普里斯利,是他妈妈为他起的。这个名字能够持久吗?这将取决于谁呢?是取决于埃尔维斯·卡尔松,还是埃尔维斯·普里斯利?

老姥姥一直没有说什么,静静地坐着并听着。现在,她抬起眼睛,从这个看到那个。她心里知道小猫应该叫什么,随即点点头,高声宣布道:

"它的名字是莫里斯!"

对,这个名字非常适合一个从芦苇丛里找到的猫。安娜露丝在波路瓦尔腿上蹭了下。她说是蚊子咬了,发痒。但埃尔维斯明白这只是个借口。她看着岸上后退的景色,在神秘地微笑。岸上风景如画。在夕阳下,河里金波灿烂。她看着埃尔维斯、老姥姥和莫里斯。随后她仰头向后看着波路瓦尔。他微笑地看着她,也用腿蹭下她的后背。

"用手抓对蚊咬实际上是没有用的。"他说。

惊喜还是意外?

惊喜还是意外?

第二天早晨,安娜露丝跟着妈妈和那个"新的爸爸"一起去斯康奈了。埃尔维斯变成孤身一人。一般说来,埃尔维斯善于自处,他并不感到孤单。但他现在感受到了孤独。一生中他第一次深感孤独的滋味。他找不到任何有趣的或者重要的事情来做,内心里十分空虚,充满被遗弃的感觉。

这时爷爷打来电话。他要埃尔维斯去乡下,现在、立刻、马上就去。爷爷恢复了原样,埃尔维斯高兴极了。

但妈妈不同意,是她接的电话,她说不。埃尔维斯知道她也感觉孤独,不想让他走。尽管妈妈和他一直在一起,他们还是感到孤独,内心上的孤独,这是没有办法的事。现在,他对妈妈说:

我就是我

"只是人在一起也没用,"他说。

妈妈没有回答,只是抬头盯着他。

这时奶奶打来电话,她与妈妈说了很久。让埃尔维斯现在动身去乡下,有些特殊原因,她对妈妈解释说。事情很重要,但她不说是什么事情。妈妈不让步,除非她知道是什么事情。否则,她不会放埃尔维斯走。

埃尔维斯听着她们在说话。他听到奶奶说,她更想使之成为埃尔维斯的一个惊喜。妈妈保证她不会先说出来。她挥手让他走开,不要听她们的谈话。他走进卫生间,关上房门。不多会儿,她们的谈话结束了。

"好,埃尔维斯,你可以动身了。"妈妈说,"但我想知道你回来后的感觉!"

她没有透露什么,但脸上流露出让人费解的表情。

埃尔维斯出发了。等待他的是一个惊喜还是一个意外?公共汽车正好停在爷爷院子外面。爷爷经常站在车站旁等他,一般很远就可以看见。埃尔维斯放眼望去,但车站那里没有人。他走下汽车,走过公路。这时从栅门旁的沟里走出一个人。

是图什腾?

没有爷爷,只有图什腾!

这是一个炎热的夏天。热风拂面,昆虫鸣叫。他们突然面对面地站在一起,埃尔维斯和图什腾。

惊喜还是意外？

"你好！"图什腾说。

"你也好……"

图什腾非常高兴，而埃尔维斯感觉受骗了。图什腾站在这里干什么？爷爷到哪里去了？他很想知道，但却没有问。

图什腾的样子和原来差不多，只是比埃尔维斯记忆中的好像更瘦了些，脸色更加苍白。但埃尔维斯立刻就认出了他，他的明亮的头发，蓝色眼睛。

"好，好，好的。"他自言自语地说。埃尔维斯记得，这是他的口头禅。埃尔维斯记得它，也喜欢听他这样说。他喜欢图什腾，现在却在生他的气。但他不知道为什么。如果图什腾自己喜欢，他当然可以站在车站旁，这很自然，但爷爷呢？是他叫图什腾来车站等埃尔维斯？爷爷和图什腾现在一直在一起了？当他们站在路旁相遇时，埃尔维斯头脑里各种问题纷至沓来。

图什腾没有自己的父母，是个收养儿童，是他的养父养母照管他。他有过许多养父、养母。他搬来搬去，在全国住过许多地方。图什腾挺招人喜欢，挺喜欢思考问题。埃尔维斯也喜欢想问题，但方式不太一样。他们在一起可以很好地思考，讨论不同的问题，因此他们可以相互补充。

图什腾站在那里，手插在裤袋里，脑袋有点前倾。他看着埃尔维斯。随后他开始说话，好像他们是昨天才分手而不是一年前见过面似的。

他拉着埃尔维斯去爷爷的暖房,想要埃尔维斯看看他种的胡须草。埃尔维斯知道这种植物,他也种过,长在花盆里,有厚厚的多汁的绿色叶子。奇怪的是,它慢慢地从叶子边沿又长出叶芽。这些叶芽长着根,取下来栽在花盆里,就可以长出新的胡须草,因此想种多少都行。

埃尔维斯是从爷爷那里学会的。

现在,爷爷教会了图什腾同样的东西。

真令人奇怪。事情本身虽然没有什么了不起,问题是为什么图什腾不把它种在自己家里,而种在爷爷的暖房里?里面有许多盆。

他告诉埃尔维斯,在村里每隔一周搞的拍卖会上,他的胡须草卖掉了好多盆。好多人想买他的胡须草,不只是本村的,还有远道而来的客人。这是一种奇特的植物,因此卖得很火。图什腾可以靠种植胡须草过上好日子。

"只要我活着,就没问题。"他自豪地说。

难道埃尔维斯不想试试做同样的事?

"你们城里也有拍卖场吧?"

当然有,但埃尔维斯认为他们不拍卖胡须草。

"那你可以到广场上摆摊叫卖,但你得申请许可证并按固定价格出售。"

图什腾与埃尔维斯讨论这事。他说固定价格是个麻烦。拍卖就好多了。让出最高价格的人把它买走了,这更

惊喜还是意外？

紧张好玩。如果他在广场上销售，图什腾答应帮助埃尔维斯定价。

"但别忘记申请许可，我估计你得去找警察申请。"

他说着，计划着。埃尔维斯有时也参与意见，但大多数时间在想别的事。爷爷在什么地方？这是什么意思？

"你可以好好想想这事。"图什腾说。

"想什么？"埃尔维斯脑子溜号已经好大一会儿了。

"对，我说如果城里不好办，我很愿意照看你的花盆并在这里帮你卖掉它们，你只要拿来就行！"图什腾用手比划着大方地说，"这里有的是地方，你看！"

"当然，"埃尔维斯附和说，但心里仍有疑问，"图什腾是什么意思？要他把花盆拿到爷爷暖房里，这是为什么？"

图什腾看出了他的疑问，因此公布了一个新闻。

"我现在住在这里！"

"什么？"埃尔维斯以为他听错了。图什腾和爷爷奶奶住在一起？为什么，什么时候的事儿？

"我已经搬过来了。"图什腾又说。

"搬过来？是暂时还是永远？"

"对，我再也不搬家了，我这辈子剩下的时间将住在这里，现在已经决定了。"

图什腾回答着埃尔维斯心中的一个又一个疑问。他的声调平稳而又安静。埃尔维斯没说什么，胸膛里压力在加大，使他几乎难以呼吸。

"我现在是他们的孩子了，"图什腾说。

"收养儿童！"埃尔维斯纠正说。他不想说，但还是脱口而出。

但图什腾自信地摇摇头。

"不，我是他们真正的孩子！"

"真正的孩子？"埃尔维斯感到刺耳。他真想大声喊叫，他们怎么能够这样？为什么他们不事先与埃尔维斯谈谈？

爷爷怎样能够这样做？

埃尔维斯过去的感觉是对的，正在发生某种事情！这就是为什么那次在港口爷爷言必谈图什腾，随后埃尔维斯和他还争吵过。这就是为什么前几天没法与他打电话，他当时竟然听不出埃尔维斯在难过。现在，他躲在外面，派个图什腾来，而不是自己来讲述这事。愚蠢，爷爷愚蠢！

埃尔维斯猛地转身过来，他要去找爷爷！

这时，他看到图什腾。他差点忘记了他。他正要走出暖房，但又站住了。图什腾静静地站着，直看着埃尔维斯，迫使他回头看着他。

埃尔维斯顿时感到浑身不自在，耳朵疼痛，头皮发痒，眼睛发呆。他想逃跑，但却离不开图什腾的目光。他慢慢地

惊喜还是意外？

抬起眼皮，直视图什腾的明亮的蓝眼睛，他的目光很严肃，但同时又在微笑。

"对，我是他们的孩子了，"他又说，"就是这样。"

突然他目光中的微笑战胜了严肃，他一下子变得光彩动人！

"这不好吗？"他说。

这时埃尔维斯也一下发生了转变，嫉妒和邪恶消失了，就像心中的一道石头高墙突然倒塌了，消失了。他刚才还以为自己会因堵塞而窒息，现在却突然呼吸通畅，扑哧一笑。

"对，不错，好，好，很好！"

他的声调变得与图什腾相似。他们对此哈哈大笑。随后图什腾介绍了事情的经过。他在那一家过得不好，他们不关心他。他们家有许多别的事情。他们经常外出，却不想让图什腾跟着。他只能孤单一人，有时连续走好几天。现在，他们很快就有自己的孩子了，他越来越感觉到自己在那里碍事讨嫌。

因此，他经常到村子里转悠，到商店、小铺附近停留。他在那里遇到了爷爷，他们开始交谈，变成了朋友。他跟爷爷回家，也成为奶奶的朋友。

对了，后来他生病了，在床上躺了好几个星期。这时他真正感觉到变成了那家人的累赘。但他又控制不了，因为他病了。这是一段凄惨的时间。唯一的亮点是爷爷来看望他,后来奶奶也来了。他们来得越来越频繁。有一天,他们问他愿意不愿意永远搬到他们家去住。他当然愿意。现在已经决定了,他作为他们的孩子将住在这里。

"这很好,"埃尔维斯说。

"对,你知道他们有个男孩叫约翰,去世了。我将代替他。"

埃尔维斯摇摇头。

"不,"埃尔维斯说,"你不用代替约翰,我也不。我们在这里就是我们!"

"好,好,好的,"图什腾说,"这是自然,我只是想,为了他们……"

埃尔维斯理解图什腾的想法。他过去也这样想过,当他看到奶奶想在他身上看到约翰的影子时,他甚至努力模仿约翰的样子,想让奶奶高兴。但爷爷不喜欢。他说约翰就是约翰,埃尔维斯就是埃尔维斯。

因此,图什腾就是图什腾,为了他们的缘故,也是为了大家的缘故。埃尔维斯向图什腾解释了整个事情,就像爷爷当年曾经向他说过的那样。这使图什腾非常高兴。

"但是爷爷在哪里?"埃尔维斯问道,"他到什么地方去了?"

惊喜还是意外？

  他们想让图什腾先向埃尔维斯介绍这个变化，想让图什腾自己与埃尔维斯单独谈谈。

  "现在，我明白了。"埃尔维斯说。

  "现在，你知道了。"图什腾说。

  随后，他们一起向爷爷奶奶的房子走去。

"真的"埃尔维斯死了

埃尔维斯坐在回城的公共汽车上。

他好长时间没有这样高兴了。

他在想图什腾,在想爷爷和奶奶,在想他们昨天搞的晚餐聚会。

晚餐设在玻璃房里,用了绘着绿色小鸟图案的最好的瓷器。奶奶烤了个核桃蛋糕作甜点。他们四个人坐在一起,图什腾也非常自然。好像他一直就住在这里。一切都井井有条,像爷爷奶奶经常做的那样,热情而舒适。

只是图什腾很快就累了。他大病之后,尚未完全恢复。他脸色变得苍白,必须躺下休息。

我就是我

奶奶去送他上床。埃尔维斯和爷爷留下来。

他们坐在桌旁。埃尔维斯坐在沙发上,爷爷坐在对面椅子上。其他人走后,他们也沉默了。他们坐着,互相看着对方,爷爷和埃尔维斯。过了一会儿,爷爷说:

"这个决定作得很快,但我们一刻也没有犹豫,你奶奶和我。我们知道我们在做什么,你能理解吗?埃尔维斯!"

埃尔维斯没有立刻回答。他在想爷爷的话:他们没有犹豫,他们接受图什腾时,知道自己在干什么。这是明确的答案!当然,他理解。他对爷爷微微一笑。他确实很理解。

"好,好,好的!"他像图什腾那样说。他情不自禁地接过了图什腾的口头禅,这听起来真好玩!

这时,爷爷站起身来,坐在沙发上埃尔维斯的身旁,用胳臂搂着他,埃尔维斯也偎依在爷爷身上。他们就这样坐在那里,直到玻璃厅外夜幕降临,奶奶前来点燃蜡烛。他们双方都心如明镜,知道相互之间的爱胜过了以往任何一个时期。

埃尔维斯坐在汽车上长出了口气。他知道自己永远不会忘记昨天发生的事情。他原以为把爷爷输给了图什腾,但实际上却永远赢得了他的爱。他用力搂紧怀里的蔬菜,不由自主地露出了微笑。

"真的"埃尔维斯死了

埃尔维斯继续思考,想起刚才与图什腾告别时的情景。

图什腾坐在床上。他还没有起床,但精神焕发,他今天将会恢复健康。他床上到处都是图书、笔记和铅笔。他说他有许多事要做,有许多工作要完成。埃尔维斯感觉图什腾的时间非常紧迫。

"但我很愿意为你销售胡须草,"他说,"这样你就不用搞什么固定价格了,这些事挺麻烦的。"

埃尔维斯也这样认为,城里所有事情要难办得多。图什腾也同意。

"对,城里人更加官僚主义。"他说,他知道,因为他在乡下和许多城市都住过。

随后他请埃尔维斯很快再来玩。

"你尽快来!"他说,他真诚地说。他是真心的,这可以听出来。

图什腾喜欢埃尔维斯,而埃尔维斯也喜欢图什腾!现在,他们心心相印,心情舒畅。图什腾是爷爷奶奶能够得到的最好孩子。他们能够找到图什腾太棒了!

汽车开得真快。现在,它已经进城了,很快他就要到家了,要见到妈妈了。她一直认为图什腾很幼稚,现在,她会怎么说?

汽车停在一个烟店门前的车站。埃尔维斯向外张望,

我就是我

非常惊诧。外边快报上黑色大字讲的是什么？太可怕了！他得站起来，看看他是否走眼了。但快报前站着两个老头，把它挡住了。汽车发动了，他跌坐在椅子上，怀抱着他的青菜。

哎，可能没事，大概是他看错了。

汽车又停下来。埃尔维斯到站了。他整理一下青菜，下车了。汽车站离家不远，只一个街区。平时他觉得这距离正好。但今天他希望再远些更好。他心里有许多事，他想再单独想想。但他曾经答应过直接回家，心里也想遵守这个诺言。

快报帖子上究竟写着什么？去一边去，怎么会有这种事！

只是，他是否应该搞搞清楚？附近有一个书报店，爸爸经常在那里买东西。

埃尔维斯快步穿过大街。抱着青菜拐过街口。书报店就在街对面。他跑过去，突然停下。这里也贴着同一张快报，他没看错，他看对了。

上面用特大号黑字写着：

埃尔维斯去世！

大字从远处就可以看到。但埃尔维斯还是跑过街，想看清楚点。他的心急剧跳动，浑身僵硬，怀里抱的青菜被洒落

"真的"埃尔维斯死了

在身后,他伸直脖子,眼睛死盯着快报,没有错,上面确实写着:埃尔维斯去世。

他念着这几个字,读着,读着,反复地读着,但心里却不明白。脑子里有个东西不管用了。当他受到惊吓时,有时就会发生这种现象,脑子好像麻醉了似的。

这时一辆自行车停在他身后,一个人从车上跳下,走向前并站在他身旁,但他没注意到。直到他听到身边有个声音:

"埃尔维斯死了,够你伤心的,啊?"

他心中又是一惊。旁边是个姑娘,正在读他看到的快报。现在,她用沉痛的声调高声阅读:

"埃尔维斯·普雷斯利今晚在其莫姆费斯家中去世……"

埃尔维斯看着快报,这时他才看见下方用较小字体写着埃尔维斯·普雷斯利。这很清楚,他也明白,这上面讲的不可能是埃尔维斯·卡尔松,但刚才他的脑子不转了。

"真够你伤心的。"那个姑娘又说。

"没事儿。"埃尔维斯转身离去。

他的青菜洒落在人行道上,茴香、胡萝卜和西芹到处都是。他开始捡起来,她过来帮忙。但他希望她走开。埃尔维斯一直背对着她。她想与他攀谈,他却不想开口。他眼睛不想看,耳朵不想听,嘴里不想回应她的问话。他现在受不了任何问话，只想安静一会儿，为什么他就不能得到片刻安静？

但是，她这时说了句什么！

"要是丽萨·米奈莉去世了，我会哭死。"

他瞟了一眼，原来是那个女孩子，就是妈妈经常夸奖、经常说起的那个小丫头！那天她在铁路桥旁磕坏了腿，而埃尔维斯收到了两封奇怪的信。对了，就是她！

埃尔维斯急忙拾起最后一个胡萝卜，接过她递过来的茴香，转身匆匆离去。但她推上自行车，在人行道旁跟着，想与他攀谈。

他斜穿街道，她跟在后面。现在，她在人行道上推着车走在埃尔维斯身边。

"我叫拉依萨，从丽萨·米奈莉那里取的名。"

埃尔维斯加大步伐，越走越快。她也加快速度，似乎下决心不放开他。

"等等，你的胡萝卜又掉了！"

埃尔维斯不管胡萝卜，只想甩掉她。他开始跑。她手里拿着胡萝卜，站在那里。她把胡萝卜对着埃尔维斯扔去，不偏不倚，正好打在他的头上。但埃尔维斯假装没察觉。她气愤地叫喊句什么，埃尔维斯没听到，也不想听，最后她只好骑车离去。埃尔维斯不加理睬，她消失了最

"真的"埃尔维斯死了

好。埃尔维斯不想与这个女孩有任何瓜葛。她可能还想跟着埃尔维斯一起回家呢。

发生的事已经够可怕了。埃尔维斯·普雷斯利可不是随便什么的人,自从埃尔维斯出生后就一直与他休戚相关,而现在,他死了。

可怜的妈妈!她刚刚失去了姥爷!可怜的、倒霉的妈妈!她可能坐在厨房里正在痛哭呢!

他记得姥爷葬礼之后,她摘下带着黑色穗子的葬礼帽时说要留到"下次"再用。当时他吓了一跳,她说的"下次"是什么意思?

当然,她说的是下次葬礼,下次死人的时候,因为一向都是"祸不单行"。姥爷去世后,她经常这样说。虽然有点骇人听闻,但她一直有预感。她会事前感觉到将要发生的事情,这是她的第六感觉!

不过,她并没有预感到埃尔维斯·普雷斯利去世。否则她会有所表现,会伤心难过,而不会在放他的唱片时载歌载舞,但她没有预感。

下次!尽管埃尔维斯想要忘掉这事,这两个字却一直在他头脑里回响。谁会是下一个?是这个,还是那个,这个问题时常困扰着他。

现在却变成了埃尔维斯·普雷斯利,这个他从来没有想到的人。

我就是我

他应该怎样安慰妈妈？

他双腿感觉铅一样沉重。门前的台阶几乎难以攀登。妈妈的哭声是他最难承受的了，根本受不了。谁都不会像妈妈那样哭。她一哭起来，就悲痛欲绝，而他会惊惶失措。

最后几个台阶，他每上一级就停一下。

他终于上来了。妈妈站在那里微笑着等待他。

"你总算回来了，小伙子！我刚才还在想你可能没赶上汽车，正要去给奶奶打电话。"

她和往常一样。手里拿着抹布，走来走去的，一点也没有要哭的样子。她高兴地接他回家，他跟着走进房屋，眼睛在上下打量着。

"埃尔维斯，你怎么啦？好像是'卖了黄油，丢了钱'似的？到底是怎么回事？"

"很好！"埃尔维斯迅速调整了神态。妈妈开始谈论图什腾，问他感觉爷爷奶奶照管他好不好。

"很好！"埃尔维斯再次回答说，他没有兴趣和她讨论图什腾的事，他知道她的看法。但妈妈继续说：

"他们年纪太大了。不，我觉得他们似乎毫无必要这样做。"

埃尔维斯继续让她说。很明显，她一点也不知道那件伤心的事。当然，或早或晚她都会知道这件事，但能推迟的时间越长越好。关键是今天别让她接触报纸、电视和收音机。

"真的"埃尔维斯死了

她现在开始做晚饭。突然电话铃响起，埃尔维斯吓了一跳。可能是斯万看到快报后打电话来了。他跑去拿起话筒。妈妈惊奇地看着埃尔维斯，他一般不主动接电话。

好在不是斯万，是奶奶打电话来询问埃尔维斯是否到家了。随后图什腾过来说话。他正在搞一本关于大自然的记录，已经写了个头，想念给他听听。但埃尔维斯在忙别的事。他耳朵在听着妈妈，随便什么时候她都可能打开收音机。他还得注意爸爸回来时别把报纸给她看。这些都得设法制止。

图什腾感觉到他心不在焉。

"你怎么不在听？"他问道。

埃尔维斯说下次见面时再告诉他原因。

"你现在不能说？"

"不，不行……"

"那么，只好下次再说了，"图什腾说。与一个不想听的人说话没有什么意思。他们放下了话筒。埃尔维斯轻轻脱下外套，尽量避免危险的话题。

终于，爸爸回来了。埃尔维斯跑到门口，指着他手中的报纸说：

"快把它藏起来！"他悄悄说，"快藏起来！"

爸爸感到莫名其妙。

"什么？你要干什么？"

我就是我

"嘘！"埃尔维斯示意爸爸小声。

"你真不知道？"

妈妈在厨房打开抽风机，准备炒菜。这时她可能听不见他们的话。埃尔维斯抓住时机。

"你没看到快报？"

爸爸立刻明白了，他跷起拇指指向厨房。

"你是说她还不知道？"

埃尔维斯摇摇头："没有，现在她情绪很好，很高兴，不应该破坏她的心情。"

爸爸当然也这样想。妈妈高兴时，就应该让她高兴。他们应该尽量阻止她听到这个伤心事，推迟的时间越长越好！

最难办的是电视。他们晚饭后喝咖啡时经常看电视新闻和天气预报。爸爸答应由他想想办法。

这是一个开心的晚餐。埃尔维斯和爸爸配合默契，争着说笑话与妈妈逗乐。实际上他们不费多少气力就做到了，妈妈还很感谢。这引起了埃尔维斯的注意，很明显，妈妈也喜欢热热闹闹地与他们在一起。

喝咖啡时，爸爸没有打开电视，妈妈走到电视机前。

"你不看新闻吗？"

"算了，坐着聊聊天也挺好的。"爸爸还说，他今天晚上疲劳了，不想看电视了。妈妈惊奇地看着他。

"体育新闻呢？"她问。

"真的"埃尔维斯死了

"也算了,"爸爸说。他今天对体育不感兴趣。妈妈也愿意不看电视。因为爸爸经常看电视,而不经常与她说话。

"我们晚上可以一起出去散步,"她提议说。

但这也行不通,到处都有快报。爸爸和埃尔维斯迅速交换个眼色。事情真不好办,妈妈在满怀希望地看着他们。

爸爸打个哈欠。不行,他今天够累的,没力气出去。

"我也是,"埃尔维斯附和说。

"噢?你今天也够累的?"妈妈笑着说。

"是的,"埃尔维斯点点头。

"嗨,你们俩可够讨厌的。"妈妈走进厨房去刷盘洗碗。他们听到她在里边冲洗。

"散步时能不能不让她看到快报?"埃尔维斯轻轻地与爸爸说。

"就怕碰到熟人说起这事,"爸爸烦恼地说,"我不知道怎么办才好。"

他也想满足妈妈散步的愿望。她说起散步是那么兴奋!

这时外面突然传来收音机的声音,是妈妈打开了它。埃尔维斯和爸爸急忙赶进厨房,但为时已晚。

"美国摇滚乐歌手埃尔维斯·艾隆·普雷斯利今晚在其莫姆费斯家中去世,享年42岁。"他们赶进厨房时正好听到这条消息。

我就是我

妈妈背对着他们正在洗锅盖。她在继续洗刷,好像什么事情也没有发生。可能消息刚传来时,她手停了约半秒钟,但谁也没注意到。她用刷子继续刷洗锅盖。埃尔维斯和爸爸站在她背后。收音机继续播送其他新闻。他们默默地站着等待她说点什么,但她一言不发,继续洗刷。

他们坐在厨房桌子旁边。她洗刷完后转身来拿手帕,脸上没有任何表情,既没哭也没有其他表示,甚至不看他们一眼。爸爸从桌旁站起身子。

"我可以擦拭!"

"不,用不着。"

她开始擦干杯子。房间里寂静无声。这时爸爸说:

"事情真糟糕……"听声音,他好像有点腼腆。

"什么事?"

"就是那个……"

她又转过身去,弄得爸爸不知所措,可能不说更好点?埃尔维斯和他默默地走了出去,厨房里只剩下妈妈。他们听到她在洗台和橱柜之间来回走动,把杯子、盘子和其他用具放回原处。她关闭了收音机。

当脚步声消失后,爸爸又走进厨房。

"我们还是出去走一小会儿?"

现在为时已晚,要走应该是当她想出去的时候。

"真的"埃尔维斯死了

"现在,埃尔维斯该睡觉了,明天还有许多事干呢。"这是她说的所有的话。

既没有叹息,也没有眼泪,一句也没有提埃尔维斯·普雷斯利。"真正的埃尔维斯"死了,去世了,再也没有了。

遭到伏击

"你知道你答应过妈妈,埃尔维斯!妈妈已经没有姥爷了,我们要团结在一起,永远不吵架!"

"我不想吵架。"

这声音很不真诚,他自己也听出来了。他想出去,但妈妈不放手。她用明亮的眼睛看着他,拥抱着他。而埃尔维斯只是垂着双手站着。

他知道她挺可怜的。家里充满姥爷死去或者如她所说"走了"的气氛。现在,埃尔维斯·普雷斯利,那个"真正的"埃尔维斯也走了,也死了,尽管她一字不提,一句话也不说到他,但却不再放他的唱片,而过去是天天不停。

现在,她对埃尔维斯更关心了。他感觉到她的眼睛总在盯着他。这可能是因为他是唯一的埃尔维斯，而那个"真正的"埃尔维斯死了，只剩他一个了。

他感觉她期待从他身上得到点东西，是什么她却不说，他也不知道。她只是用明亮的眼睛看着他，想与他拥抱。但拥抱也不是件容易的事，因为他不那么听话，对她也不那么温顺。他自己心里也感觉有些内疚。

"埃尔维斯，小伙子，你知道你答应过妈妈？"

他保持沉默，不想回答，不想说事情不像她说的那样，也不能说他没有答应过。但他记得很清楚事情并非如此，她为此也不高兴。当时她要求他答应许多事，不和她闹矛盾，不与她吵架。他当然不想与妈妈闹矛盾，但他知道矛盾是怎么发生的，而和谐是很难维持的，他不能，她也不能。她已经说过，她不能总是与他在一起。最近一次在乡下时，她就这样说过，她害怕与埃尔维斯单独留在乡下，在她眼里，埃尔维斯根本不算什么，既然如此，许诺一大堆还有什么用呢？

"埃尔维斯……"她用请求的目光看着他，而他像双筷子一样笔直地站着。

这时，她突然转过身去，让他走了。

"你想干什么就去好了……"

他知道她在想什么："看你现在怎么忍心离开妈妈？"她没有这样说，但她想让埃尔维斯自己感觉到，不要走。

他知道，也感觉到了，但他还是走了。

遭到伏击

"再见!"他在门口说。

"再……见,"她无可奈何地回答,看着他走出家门。

埃尔维斯悄悄地关上大门。他感觉自己不听话,对妈妈不好,但对自己却是老实的。实际上,他并没有什么特别事情要做,留在家里也没问题。但他还是出去了,主要是想表明,他可以决定自己的事情。

内心里他也明白,他还决定不了自己命运。要能决定,他早就去找爷爷了。但他去不了,他忘不了她刚刚说过的话。

"你刚刚去过乡下,埃尔维斯!你总不能定居在那里吧!他们现在已经有图什腾了。没有你,他们也能过下去,你相信吧?而我整天一个人在家里,你也得想想我吧,埃尔维斯!"

这下,可能你也明白埃尔维斯为什么要出来了。

外面半阴着天,乌蒙蒙的,倒很符合埃尔维斯的心情。他漫不经心地走着,耳朵里还回响着妈妈的抱怨声。

他可以到港口看看新到的船只,也可以与艾立克到仓库吃个快餐。他有钱,可以在路上买两个小面包,一人一个。

钱袋里有4克朗67奥尔,足够了。他走进面包坊,买了两个新做的上面撒着糖的小面包。

应该很好地利用这一天,埃尔维斯继续在计划着。他到港口后,可以再去火车站,去看波路瓦尔,他要尽量在外面待的时间长一些,好让妈妈知道,不让他去乡下找爷爷也没什么用处。她不会从埃尔维斯身上得到任何好处。

现在，埃尔维斯来到河边，走在河边小路上。对面河岸上是一面陡坡，春天时分上面盛开白银莲，但现在清风拂面，绿草丛生。坡上面是体育场，隐藏在绿草树丛和木板围栏后面。

这里星期天经常有人来散步，但平日里却人烟稀少，像乡下一样安静祥和。

正当埃尔维斯在木板围栏旁边走过时，一只李子飞来正好打在他头上。果汁顺着他的额头流下。

嗖嗖！李子接二连三地从空中飞来，打在埃尔维斯身上。熟透了的、湿呼呼的、半烂的李子在他身上开花，果汁四溅。

肯定有人躲在树丛后面或者围栏里对他进攻，投掷不仅速度飞快，而且很有准头，几乎是弹无虚发。

为什么他像个靶子一样站在那里，跳来跳去地接受攻击？为什么他不跑掉，跑到那人的射程之外？

埃尔维斯是这种人，他经常需要点时间以便搞清发生了什么。开始时埃尔维斯惊慌失措，没法逃离现场。之后他变得有些好奇，想知道这是怎么回事，是谁在向他扔烂李子。

李子总会被扔完的。这时扔李子的人就会从隐藏的地方现身。李子是软的，打得也不疼，他想再等等，再挺会儿。他心里并不害怕，只是有点生气，更多的是好奇。

遭到伏击

他不是什么英雄,不是那种喜欢冒险、喜欢无端磨练的人。但如果真碰到什么事,埃尔维斯会立场坚定,顽强而不轻言后退。

已经有段时间没扔李子了,可能他已经扔完了。埃尔维斯在等待,他看着围栏耐心地等待着。

周围一片寂静,只听到小河潺潺流水。他还在等待着。

但还是没人现身,既看不见什么人,也听不见什么动静。

再等下去也没用了。李子投掷者既然不肯自愿出来,他也不想去找他。如果那样,就太过分了。

埃尔维斯走了,冷静地、平静地走了。

这时从背后传来响亮的叫声,胜利的叫声。

"阿卡贝克!阿卡贝克!"

他急忙转过身子,但看不见任何人,叫声也停止了,又恢复了平静。他干脆装作下雨了,跑到河边,洗掉身上的李子,随后继续前行。

这时又响起了叫声,它继续伴随着埃尔维斯,传遍了整个河谷。"阿卡贝克,阿卡贝克!"

他一点也不明白,绝对不懂得。

最近一段时间,他总是感觉有人偷看他,跟踪他。他转身去看,有时他看到有人急忙躲在树后,藏到墙后或者溜进一个大门。

我就是我

他一直以为这是某种幻觉。过去他没多想,因为他孤身一人时,经常装作被隐身人跟踪。现在,他又想起此事。他感觉如果真有人在跟踪他的话,肯定就是这个扔李子的人!

这是个什么人呢?

这个奇怪的叫声,"阿卡贝克",它意味着什么?

他用手摸下袋子里的小面包,身上有些疲劳,心里还在思索。他在港口看到几只新船停泊在码头上,艾立克没在仓库。

波路瓦尔也不在火车站。他今天真不走运。

他回家的时间比原来设想的提前了许多。

妈妈见到埃尔维斯时喜出望外。她以为这是因为她的原因,还以为这两个面包是为她和埃尔维斯买的。她说他真可爱。埃尔维斯让她随意猜想。现在,他又想听话了。

她热了巧克力,拿出奶油,还取出了她收藏的点心。这些点心她平日里锁起来,以备不时之需。埃尔维斯一般也不偷吃,但妈妈还是像姥姥一样把它们藏起来。而藏起来的东西总有点特殊意义,埃尔维斯心里也明白,因此既不反对,也不关心。

他们坐在厨房里,还有点节日气氛。他看到那本斯万阿姨推荐的关于儿童心理的书正摆在桌子上。她可能已经读过了,因此对他身上有些烂李子痕迹没有大惊小怪,甚至没有多问,仅仅帮助他扫掉了残存的果渣。

遭到伏击

她神色有点奇怪,他知道她心里有些疑问,但又极力控制自己不去发问。她读过心理学后确实很有进步。

他想与她谈谈埃尔维斯·普雷斯利。

他现在敢于开口吗?他偷偷看着她的脸色。不,还是不说为好,当她自己不说时,他主动说起可能会破坏当前的气氛,这就不值了。儿童心理学书上肯定没说过埃尔维斯·普雷斯利的事。他注意到书上面也不是什么都有。尽管她读过那本心理学了,有的时候还是很蠢。

他们决定玩费亚游戏。妈妈喜欢它。她很想让埃尔维斯赢。这使得埃尔维斯始终保持警惕,以避免这种事情发生,这样也很紧张好玩。

他们玩了两局,妈妈都赢了,这意味着埃尔维斯胜了两次,而她一无所知。她心情不佳,而埃尔维斯情绪高涨。

"我们再来一局好吗,埃尔维斯?"

他同意了,但只此一局,最后一局。他掷出色子,立刻得了个六点。她高兴得跳上椅子。好了,这次她可以输上一场了。她确实想输一次。

事情也真奇怪。他决定自己赢上一次时,运气却开始走背了。他连续掷出一点、二点。这样下去妈妈很容易就能赶他出局,极力避免也不成,而埃尔维斯又盯着她。输了就得下台,这个不能改。埃尔维斯只能集中精力,调整手指力度,争取连续得分。

我就是我

这是艰苦的一局。埃尔维斯最后赢了,妈妈终于按照埃尔维斯的计划,如愿以偿。他脸色通红,费了不少气力。双方对结局都很满意。

妈妈必须带赛三出去一下,顺便买点晚饭。

当埃尔维斯一人在家时,他突然发现他的小钱袋丢了。这可是一场灾难。这个钱袋是姥爷送他的圣诞节礼物,当初里面有3个十克朗的硬币。妈妈知道后肯定会大发雷霆。所有来自姥爷的礼物都是圣物,他去世之后更是如此。

绝对不能让妈妈得知此事。

他记得他买面包时钱袋还在。他交钱后就把它装起来了,肯定没忘在商店里,他去河边之前还有。

可能是他蹦蹦跳跳地躲避李子袭击时掉了。它肯定落在那边某个地方。他清楚地记得他遭到袭击的地方,可能就丢在那里。平常日子那边人不多,他必须立刻去找。

妈妈回来时见不到他会不高兴的,他得给她写个条子。他找到一张纸,像妈妈经常做的那样,用大写字母写上:"很快就回来!"

放在哪里她肯定能够看见?柜子上她的心理学书旁边,这地方真好!还可以一举两得。她看到后可能会理解他,回来时也不会多问。

去河边需要一刻钟,回来再要一刻钟。大约半个多小时

遭到伏击

他就能回来了。如果走运他能赶在妈妈之前回来,如果她在路上再遇见个谈话的阿姨,就更没问题了。

他立即以最快速度跑了出去,压低身子跑得飞快。他很清楚地记得被人袭击的地方,那里地上现在还有破碎李子的痕迹,却没有钱袋的踪影。他在草丛里寻找,在斜坡上观看,在他擦洗身上的河边查找,到处没有他的钱袋。它肯定被人捡走了。

也可能是个好人捡走了,交到警察局了。他得去问问,但不是现在。如果他在外面耽误时间长了,妈妈肯定会怀疑的。那时什么心理学也没有用了。还是明天再去警察局吧,希望妈妈在这之前不会发现钱袋不见了。

他还挺幸运的,回到家时,妈妈还没回来。他把那张纸条撕成碎片后扔掉了。当妈妈回家时,他装作若无其事的样子,像个没事人一样。妈妈是和爸爸一起回来的。他们一起吃晚饭,看电视,非常平静。

埃尔维斯上床很早,不是因为累了,而是想单独呆着。他躺在床上,不能入睡。他心里不安,在想必须尽快找回他的钱袋,否则就得听一大堆唠叨。

他不怎么丢东西,起码不那么经常。要不是被人用李子进行疯狂袭击,这事也可能不会发生。

是什么人对他进行攻击?

可能是那个写匿名信的"敌人"?

我就是我

过去，白天时，他从来不会害怕。现在，在夜晚黑暗中，他突然紧张起来，各种念头纷至沓来。

他盯着窗户。下面院子里现在可能有人正盯着这里，想半夜里把窗帘轰地一下弄上天。

谁知道呢？也可能不是一个亡命徒，可能是别的什么事情。上次他自己就看见有人站在下面，一个面孔，一个在黑暗中惨白的小鬼似的面孔。当他喊叫时，那人就溜掉了。这会是谁？

他悄悄起身，溜到窗前。百叶窗已经放下。他把拉线在窗户开关上缠了一圈又一圈，使窗帘安然不动，决不会自动升起。

随后他溜回床上，钻进被窝，最后终于睡着了，但老做噩梦。

第二天清早，阳光明媚，气温很高。妈妈心情愉快。他们在厨房里一起吃早餐。之后爸爸上班走了。

埃尔维斯坐在桌旁，妈妈去取奶酪。这时门铃响了。妈妈用疑惑的目光看着他。

"谁会来这么早？"

"可能是掏烟囱的，"埃尔维斯想不出别的答案。

"你这样想？"妈妈说着去开门。

随后传来一声兴奋的呼叫。

"太好了，怎么是你呀，小朋友！欢迎！"

遭到伏击

埃尔维斯伸直耳朵,站起身子,从厨房里偷偷向外张望。

拉依萨站在那里,在微笑着行屈膝礼,头歪着。

"埃尔维斯在家吗?"

"在在,埃尔维斯,快来,有人找你!"

不,这太过分了!他还不认识她呢。妈妈的小乖乖,应该由她自己来接待!

"小埃尔维斯,快来呀,别不好意思的!"

妈妈咯咯咯地笑着,拉依萨也笑着。这太可怕了,她们站在那里相互示好,他才不去呢,他可受不了这个丫头。

"埃尔维斯,小伙子……你这么腼腆呀?"

妈妈直接点名了,拉依萨急忙中和一下。

"不,我不想打扰,我只是想问一下埃尔维斯是不是丢了件东西。"

埃尔维斯的心里猛地一跳。他悄悄地看了一眼,天啊!那个丫头手里拿着他的钱袋!姥爷送给他的小钱袋!她摇动一下,几个硬币在里面哗哗地响。妈妈拍下双手。

"唉呀,这是埃尔维斯的!太粗心了,这是姥爷送给他的!谢谢你!你太可爱了!快进来坐会儿!"

但拉依萨说她不想打扰,不是,她只是想送来钱袋。

"你没打扰,小姑娘!我真的想请你吃点好东西!"

"不了,这太麻烦了,"拉依萨说,她得走了。说什么也没用，也不用请吃什么，她得走了。

她不会快点走吗？埃尔维斯在想，站在那里扯什么皮呀！

但扯皮还在继续。她也没什么特别的事，只是应该走了，她只是想……她就不进去了，不了。

总也没完没了，她在婉拒，但样子却很明显，是说她自己不受欢迎，这自然是埃尔维斯的错。如果不是因为他，她肯定会接受邀请的。她虽然没有说出来，妈妈还是这样理解。妈妈生气地大喊：

"埃尔维斯，现在你马上出来，你起码得来谢谢拉侬萨！她可帮你大忙了！"

"这没什么，"拉侬萨大声说，"我现在要走了。"

她跑下台阶，妈妈跟着送到大门旁。埃尔维斯听到她在为他道歉，说他太腼腆。

他一点也不腼腆，而是生气，这个小丫头片子！

妈妈拿着钱袋回来了，气呼呼地看着他。现在，他明白什么在等待着他，是唠叨说教！他看到妈妈正在聚集力量。

埃尔维斯可不想等着挨批。他一句话不说，从妈妈身边跑过，穿过房门，跳下台阶，跑了出去。

这只猴崽子跑到哪里去了？她究竟想干什么？

她是怎么拿到他的钱袋的？

她怎么知道这是他的？他真想知道！

遭到伏击

她必须说个明白!

他跑到街上。但她好像被大地吞没了。她不可能跑得这么快?他来回跑着并寻找着。

毫无收获,她成功地溜走了。但他没有兴趣马上回家。他向铁路大桥方向跑去,他走过大桥,随后向上次斯万和妈妈陪同拉依萨一起消失的方向走去,当时她摔伤了腿。他虽然不知道她住在哪里,但肯定是在这个方向。他跑遍了半个城市,也没有任何结果,只好无精打采地找路回家。

"阿卡贝克!"

突然一颗橡子打在他头上。

她坐在棵橡子树上,还以为别人看不见。但这里只有一棵橡子树,因此不难猜出她藏身何处。埃尔维斯跑过去,现在,他怒火冲天。

"快滚下来!"他大吼一声。

接连又是几个橡子落在他周围。

"阿卡贝克!"

她究竟想干什么?他真想把她从树上拖下来,他怒火中烧,现在,总算知道是谁用李子打他了。

她真的发疯了?

"我怎么得罪你了?"他对着橡树大喊。

"你很快就会知道的。"她现在不笑了,相反换成了威胁的口吻。但他不是那么容易被吓倒的。

我就是我

"你快下来!"

"你上来好了!"

"不!"

"你胆小?"

他不想回答这类挑衅。他才不会听她的话爬上去呢。她要有什么话说,就得滚下来。否则就算了。

橡树单独长在几座木房旁边。树冠巨大无比,枝叶就像爷爷的丁香树丛长得一样密,从下面人们几乎看不见她的藏身之处。

"现在,我得走了,"他向上喊,"我可没工夫站在这里。"

"等等,"她爬下树来,慢慢走到他面前,"我找你很长时间了,我得告诉你。"

埃尔维斯不答话。

"你总是溜掉,难道就不能与你谈谈?"

她用指控的腔调,一点也没有那个小乖乖的样子。

"我就站在这里,你到底想干什么?"埃尔维斯说,他的腔调也不友好。

"对了,现在,我想听听实话!终于有机会了。"

他不明白:"……什么实话?"

她来回走动,一副故弄玄虚的样子。她脖子上挂着个长长的链子,项链藏匿在长裙里。现在,她拉出项链,把上面

遭到伏击

挂着的骷髅头在埃尔维斯鼻子下晃了几下。

"说实话!"她拖着长腔威胁说,"你听到了吧?快说实话!"

埃尔维斯瞟了骷髅一眼,它背后有两根交叉的腿骨,使他想起点什么,但又想不出什么具体东西。他感觉莫名其妙,不知回答什么。她瞪大眼睛看着他。

"你为什么告诉老师是你打碎了玻璃?"

什么?什么玻璃?她在说什么?

"学校里的玻璃!"

噢,那块玻璃!现在,他明白了。

去年冬天,有一次老师来问班里有没有人知道同伴中谁"有罪[①]",当时没有人回答。而经常对妈妈撒谎并总是感觉有罪的埃尔维斯就说他知道。

这时才知道有人打碎了一块玻璃,老师指的是谁对这个事负责。但埃尔维斯立刻承担了责任,事情就是这样简单。

他盯着拉侬萨,她想要他回答什么?

"是你打碎了它?"他问道。

"我没这样说。回答我的问题!"

但他没法回答。他应该回答什么?没法解释这个问题,起码没法对她解释这个问题。她站着盯着他看,似乎他是个

[①] 瑞典文skyldig,一字多义,可以解释为:对……有罪,对……负责,对……有义务等。——译者注

奇怪的动物，死死地盯着看。他生气了。

"现在，又把这事翻出来干什么？都老掉牙了！"

"如果你打碎了块玻璃，而另外一个人跑来说是他干的，你会怎么办？你会怎么感觉？你知道吗？"

埃尔维斯被问住了。他从来没考虑过这个问题。她紧张地看着他。突然他心中一亮，他剥夺了那人为自己所犯错误承担责任的机会。她是这个意思吗？这他可以理解，不过她也可能根本不是这个意思。

"你是想帮什么忙？你以为你是救了什么人？"她这样问道。

不是，他起码知道当时不是这么回事。

拉依萨看着地面，开始用脚趾在沙地上画字。

"是你干的，对吗？"

她不回答，而是忙着画画。不，她在写字，他看到她用大写字母写字。她可能认为对他的问题容易写出答案。他试着拼出她的回答，但找不到相应的字句。

"没想到会是个女孩，我还以为是个男孩子干的。"埃尔维斯说。

"为什么你要这样想？"

他也不知道。他咬下嘴唇，刚才他说的话是有点蠢，但也想不出更好的说法。他不知道她究竟想干什么，是因埃尔维斯为她打碎的玻璃承担了责任而良心上有所不安？这肯定

遭到伏击

是她干的。或者她认为他应该为此良心上不安,或者有另外的意思?

这时她抬起头,看着他。

"请注意,我可没说是我干的!"

没有。但她也没有否认此事。他们互相盯着、看着。她的眼睛大得出奇,黑黑的头发剪得短短的,不像安娜露丝那样长发飘逸、美丽动人。她整个样子给人以说不出来的奇怪的感觉,与那天在妈妈面前作秀时的样子大不相同。他不知道自己是否更喜欢她现在这个样子,她是那种让人不知道怎样打交道的女孩。

这时她指着她写在沙地上的字母。

"你知道这是什么意思吗?"

埃尔维斯读着:AKBMK……他不知道。

"这是什么意思?"他问。

"你得自己琢磨,再见!"

她跑了,他走了。

这时又是一个橡子飞过来。

"这就是'所有爱情、始于一掷①!',阿卡贝克!"

埃尔维斯开始跑走,他脸上气得发红,头也不回,只是往前跑。她在他背后继续高喊:"阿卡贝克,阿卡贝克!"喊声在他的耳朵里鸣响。

---

① AKBMK是瑞典语"所有爱情,始于一掷"的缩写。——译者注

不被承认的英雄业绩

不被承认的英雄业绩

"我可以找到许多问题,你想要多少都行。"埃尔维斯对图什腾说。

图什腾有点心不在焉。他说他还没有开始工作。大夫刚来过了,与奶奶和他都谈过了,商量应该怎么做才能使他慢慢好起来。治愈这种疾病确实很需要时间。

但图什腾看起来并不像生病的样子,他不用躺在床上,只要他受得了,他可以下床走动,就像他自己说的那样:"只要我撑得住就行。"

"你估计能撑得住一整天?"埃尔维斯问道。

"能,只要我开动之后就没事。"

今天早上,埃尔维斯下车时碰到了医生。他正要上自己的汽车，当他看到埃尔维斯时，就走过来看他准备让图什腾周六带到拍卖场上的胡须草。他认为埃尔维斯花盆里的土太少。图什腾盆里的土比较多。因此，他们一起给埃尔维斯的胡须草培了点土。

这个医生很好，他说要与埃尔维斯下次再谈谈。他希望埃尔维斯尽可能多地来看图什腾。埃尔维斯自然也愿意。但是他们想起了妈妈。她根本不想放走埃尔维斯。

医生说，他可以与她谈谈。这是唯一的机会，妈妈对不认识的人的话更容易听进去。

"我可能是一个提问者，而你是个回答者。"埃尔维斯继续自己的思考。

"有时候问题会比答案更有意思。"图什腾略有所思地说。

他们面对面地趴在草地上。许多昆虫、小动物在周围草丛中飞行、爬动和鸣叫，就像一个小小世界，趴在地上看非常有趣。这里鲜花盛开，野草密集，风吹草动，从外面谁也看不见他们。

"有时也可能相反，"埃尔维斯说，"答案比问题要更有趣些。"

"对，这也可能。"但图什腾也想提问，不仅仅回答，他想两方面都试试。

埃尔维斯也想这样，尽管他找不到好的答案。

不被承认的英雄业绩

"你肯定行,只不过自己不知道而已。"

"有的时候同一个问题可能有许多答案。"他说。

"什么?答案会比问题更多?"埃尔维斯惊诧地说。图什腾也在思考。

"不,可能是一样多,它们应该是一样多。"

"这怎么能对得上?"埃尔维斯思来想去,这些问题在头脑里冲撞,"也可能许多问题有相同的答案?"

"这样它们就相互抵消了,你的意思是?"他问道。

"对了,就是这样。什么事都有个平衡点,只是实现平衡不太容易罢了。这个点不容易找到。"

"它在哪里?怎么才能找到?"

图什腾也回答不出。"这个只能自己去找,只能睁大眼睛、张开耳朵并使用所有感觉去找,否则是不可能的。"

噢,埃尔维斯仔细倾听并认真体会。他翻身向上,望着天空。天上万里无云,只有两只白色蝴蝶在空中飞翔,越飞越高,对这两个身体这么小、这么轻的蝴蝶来说,真高得可怕。他用眼睛追踪着看,不仅仅用眼睛,有那么一小会儿,他感觉自己与蝴蝶在空中一起飞翔,坐在它们的翅膀上飞翔。

他安静地躺在地上,从来没有感觉到身心如此轻快……这肯定就是图什腾所说的心理平衡。人们只能感觉到它。

埃尔维斯一下子又翻过来,趴在地上,观察草中世界。

我就是我

这时他突然想出一个新问题。

"这块草地上共有多少根草?人们能够算出来吗?"

图什腾立刻行动起来。他坐起身来,观察下四周。

"对了,你得先确实哪些属于草类,这里还有别的植物,必须先把它们去掉。然后划出一平方米的一小块草地,数数这块草地上共有多少根草。搞清了这些,再去测量下整个草地共有多少平方米。用这个数字乘上开始时在那一小块地上数出来的草数,你明白吧?"

埃尔维斯听懂了。图什腾的头脑开始工作了,这挺好玩的。埃尔维斯站起身子。

"我马上去取奶奶的卷尺,我们现在就开始测量。"

但图什腾想先说会儿话,然后再干。他说,用这个办法,人们最多只能接近一个平均数。

"要想得到准确的数目,我们就得一棵棵地数过整个草地,"他解释说,"我们来不及,也太累了。"

这真可惜,但埃尔维斯也理解。此外,当他们数的时候,不断有新草长出来,因此实在没有办法真正数清楚。

能搞清这个问题也挺好,草地上野草的棵数是没有办法数清楚的。

能大概估算一下就不错了,但图什腾现在不想在这上面花太多时间。

他转而问起那天打电话的事,埃尔维斯当时不想说话。

不被承认的英雄业绩

"你说过要告诉我,那天你有点怪怪的。"

埃尔维斯知道这事。那天埃尔维斯·普雷斯利去世了,他不想让妈妈知道。他把姥爷、真正的埃尔维斯和妈妈的悲哀等等都说给了图什腾听。

"现在,他们俩都死了,仅仅剩下我了。"

"仅仅,也不只是你一个。"

"不是。"埃尔维斯也同意这个说法。他们觉得最悲惨的时候莫过于你在别人眼里一文不值,什么都不是。图什腾也有同感。只有来到爷爷奶奶身边,他才第一次感觉到自己的价值。

"但是快乐的时光很快就要结束了。"他说着,突然闪现出满脸忧伤的神态。

怎么了,他现在是什么意思?

"你要搬走?你不是他们的孩子吗?"

当然,他不会搬家,他不是这个意思,他一辈子都会住在这里。

"只是我这一辈子不太长……"

他不好意思地笑笑,嘴里咬着一根草。

"公鸡、公鸡,没有母鸡,"他叫喊着站起身子,嘴里咬着一根新草。

埃尔维斯一下也疯了起来,他大笑着从这片草地飞跑到另一块草地,不断叫喊:

我就是我

"公鸡、公鸡,没有母鸡!公鸡,公鸡!"

图什腾也同样叫喊着,两个人在草地上转着圈子相互追逐着,直到累倒在地。

他们静静地躺在地上,想凉快一下。刚才图什腾说什么来?它在埃尔维斯头脑里变成一个大问题。他不明白,但又不敢问。图什腾也不再说起。

"这是鸡尾草,有些人喜欢用来做装饰品。"他说。

埃尔维斯点点头,他知道,爷爷曾经说起过。

他们站起身子,向大路方向走动。

"我们得找点事干干,找点有劲儿的事!"图什腾真来劲了。他有兴趣调皮,埃尔维斯当然也想干,但他很难找到什么调皮事。

"这会有的,"图什腾说,"快来!"

他们漫步走向村子方向。但这是令人困倦的中午时分,没什么事好做。他们继续游逛。他们手里拿着棍子,毫无目的地挥动着,在大路上寻找事端。

走到教堂墓地时,埃尔维斯想往回走。这里没事可做,他们可以换个方向。但图什腾停住脚步。

"约翰不是埋在这里吗?"

"是的,我们现在不去那边吧?"

不是,图什腾只是想问一下。他记得他们第一次见面时埃尔维斯领他看过约翰的墓地。当时图什腾犯浑,说村里所

不被承认的英雄业绩

有不是夏天来避暑的孩子都是鼻涕虫,约翰也是个鼻涕虫。这是很久以前的事了,在他们成为朋友之前。

这时图什腾看到一只走散了的奶牛。它是教堂另一边牧场的牛。那边还有好几头奶牛正在吃草,在漫步。这只走散的奶牛跑到大路旁吃草。有时它抬头"哞哞"地叫,其他奶牛也不安地叫着回应。

栏杆很低,这只奶牛可能跳过来后走迷路了,它的样子不那么高兴。

图什腾向奶牛走去。

"我们得把它领回牧场。"

"先找找它的主人是不是更好些?"埃尔维斯问道。

不用,这事图什腾能行,他有办法对付奶牛。

这只奶牛离他们有些距离,它站着那边看着他们。这时公路上开来一辆卡车。附近看不到别人。卡车慢慢开近,上面装满木材,轰隆隆地开了过来。这时奶牛紧张起来,开始沿着大路旁跑动。它开始向图什腾和埃尔维斯方向跑,但突然转身向卡车拼命跑去。埃尔维斯和图什腾紧跟着追,事情要糟!

奶牛又回过头来,在公路上来回跑动。突然它向着埃尔维斯冲来。

"幸亏我们不怕奶牛,"图什腾高喊并挥舞着木棍,"反正我不怕!"

我就是我

"我也不怕!"埃尔维斯喊叫说。

平常情况下,他是不怕。一头慢慢吃草的、咪眼看人的奶牛是不可怕。但一只吼叫着、疯跑着的奶牛就是另一回事了。但现在谁也来不及害怕,因为一辆公共汽车这时从另一个方向开过来了。这只奶牛现在彻底吓疯了,又蹦又跳地向着公共汽车直冲过来。图什腾和埃尔维斯都想抄近路赶上奶牛。卡车从他们后面轰轰开近。

远处,奶牛们在哞哞地高叫,都快吓昏了。

这个地方正对着墓地。图什腾高喊要埃尔维斯打开栅门,埃尔维斯打开了栅门。图什腾在干什么他一点也看不见。但在最后一分钟,当卡车与公共汽车即将相会时,他成功地把奶牛赶进栏门,赶进了墓地。

公共汽车向着自己的目标前进,卡车也继续驰向前方。

这只奶牛被救了。埃尔维斯关上栅门。他们松了口气。

这确实是个英雄事迹。现在,只要把奶牛送回牧场那边就行了。

"我们还是去找找奶牛的主人吧?"埃尔维斯说。

不用,最困难的事情现在已经过去了。图什腾知道怎么与奶牛打交道。这没有什么危险。这头奶牛现在已经安静下来了。它站在沙路上看着他们。他们小心翼翼地向它接近。

图什腾做出各种动作,努力赢得奶牛的信任。他弯下身体,慢慢走向奶牛,盯着奶牛的眼睛,极力用别人可以

不被承认的英雄业绩

听见的方式大声喘气。他说这样奶牛就不害怕了，就会平静下来。

埃尔维斯做出同样的动作。他们喘着粗气从不同方向朝奶牛慢慢靠拢。他们一步一步地走近奶牛。它安静地瞅着他们，事情正在顺利发展。

但他们刚刚靠近奶牛，它却起步跑走了。结果变成一场新的追逐。开始它在沙地上跑，随后又跨进墓地，在墓碑之间跑跑跳跳，疯狂地吼叫着。

"我们得去找奶牛主人！"埃尔维斯高喊。

图什腾不肯放弃，这没什么损失，还挺紧张好玩的。奶牛又回到沙路上。他们试着挡住它，却又失败了。在墓碑之间他们又开始了新的追逐，新的捉迷藏游戏。直到它突然停下，盯着他们，一动不动。

他们再次压低身子，喘着粗气，缓慢地，一步、一步地接近它，这次就要成功了。它仍然一动不动地站着。他们慢慢溜近、接近、靠近它。这时奶牛抬起头来，神情郑重地看着他们，它突然撒起尿来，尿声哗哗，尿水成河。它胜利似地摇动着尾巴。

埃尔维斯和图什腾相互看看，不禁放声大笑，他们笑得喘不上气来，也没注意到外面来人了。他们只是纵声大笑，捧腹大笑。

但在沙路上来了一群神色严峻的人。

我就是我

奶牛的主人拿着绳子和笼头，后面还跟着几个脸色冰冷的妇人。老农走向前拍拍奶牛，它顿时变得非常温顺。他看也不看图什腾和埃尔维斯，就把奶牛带走了。但其他人却不放手，她们盯着图什腾和埃尔维斯，从头到脚打量着他们，一副很生气的样子。一个老太太走过来摇晃他们的胳臂，先是图什腾，之后是埃尔维斯。

"你们这些调皮鬼，不懂什么好坏啊！怎么敢站在墓地里大笑呢？"

他们以为图什腾和埃尔维斯把奶牛放进墓地就是为了调皮，还说是他们把奶牛骗出牧场的。向他们怎么解释也没用。也没人听他们的。她们说他俩说的都是谎言。

一个妇人作证说，她亲耳听到图什腾和埃尔维斯策划了这个计划。她骑车路过爷爷家外边，清楚地听到他们走着并商定了调皮计划。

"你们能够否认吗？"

他们不能否认，事情确实是这样，但是后来，没有找到什么调皮事做，所以，他们就放弃了。

"真的？这又是怎么回事？"

他们无言以对。这没法解释，特别是当没人想听的时候。

事情很明显，最严重的是他们竟然站在墓地里大笑。
"这是不可原谅的，你们不懂啊？"

不被承认的英雄业绩

"不,这有什么错误!发生了高兴的事,就必须允许人们大笑。"

"你们可以在我的墓上大笑,笑多长时间都行!"图什腾说。

"到我的墓上也可以!"埃尔维斯附和说。

但妇人们认为她们才有权决定,她们脸色铁青,表情凶悍。

"现在,你们快滚蛋吧!"

她们还威胁说要告诉爷爷奶奶这里发生的事情,以免他们再重犯错误。如果过去不知道,现在,他们就会明白事情的后果了。

"好的,好的,"图什腾平静地说,"我们明白了。"

"你真不知羞耻!"

有"证据"的妇人对图什腾举起拳头威胁说,她怀疑奶奶决定接受图什腾时是否真的知道他在做什么。

图什腾和埃尔维斯离开了墓地。埃尔维斯义愤填膺。他忍不住回头大喊:

"还不知道是谁不知羞耻呢!"

随后,他们跑走了。

他们直接跑回家,把刚才发生的事情一五一十地告诉了爷爷奶奶,让他们知道真实情况,因为那些人肯定会来告状的。

我就是我

"好,好,"奶奶微笑着说,"让他们来好了,我们知道怎么回答她们。"

爷爷和奶奶都满怀兴趣地听他们讲述刚刚发生的故事。他们听到奶牛撒尿时都笑了,特别是爷爷。

"奶牛憋不住了,也不是你们的错……"他转向奶奶,"你说呢?"

奶奶也同意爷爷的看法。爷爷又笑了。埃尔维斯注意到,爷爷谈到这类事情时脸上的特殊表情。他在挑逗奶奶,而她只是腼腆一笑。

他们不认为在墓地里笑是什么不可原谅的错误。他们也希望以后在他们的墓地上能听到一点笑声,否则就太凄凉了。

图什腾用的是约翰的房间,在约翰的床上睡觉。埃尔维斯也在这个房间里睡,奶奶为他又加了张床。

他们躺着谈了好久,一会儿是图什腾正在编的自然纪录的书,一会儿是大自然里发生的事情。一些只有仔细观察时才会发现的东西,一些人们平时常常不加考虑的问题。图什腾欢迎埃尔维斯也来参与,如果他愿意的话。

他们这会儿正在讨论的问题是:沙粒什么时候可以变成石头。石头最小可以多小?最大的沙粒可以多大?这由谁来决定,是由人还是蚂蚁?对蚂蚁来说,最小的沙粒也是座山。人总以为他知道的最多,但蚂蚁和人的看法都是可信

不被承认的英雄业绩

的,就是这样。

这时图什腾开始入睡。埃尔维斯倾听着他呼吸的声音。今天过得真好,既紧张又好玩。他肯定不会忘记今天,但同时他好像忘记了点什么,某件难以理解的事情。

当他们躺在草地上时……

图什腾说过什么来的?埃尔维斯想不起他的原话,他的意思也有些模糊。他听到他说的话了,却没有听懂他的意思。原话也没有记住,只剩下一种感觉,一种令人痛苦的感觉,他必须搞清它。

他听听图什腾的呼吸,是的,他睡着了。

埃尔维斯小心翼翼地下床,蹑手蹑脚地走出房间。他必须找爷爷聊聊,但爷爷出去了,只好与奶奶说了。

她坐在玻璃厢房里,正在闲坐。她说只是坐着,想点事儿,偷会儿懒。

"过来。"她伸出胳臂,埃尔维斯爬到她腿上。

他们静静地坐了会儿,他感觉他们在想同一个问题。

"奶奶,什么时候图什腾能好起来?"

"我们不知道,小埃尔维斯。"

"他能好起来吧?"

奶奶回答前犹豫了一秒钟。埃尔维斯感觉到了这一刹那。他不安地看着奶奶。

"我们也不知道,这还不清楚……图什腾对你说过

我就是我

什么？"

埃尔维斯点点头，但他记不清了，他也没听懂……

"他会病一辈子？"

"不会，如果那样……"奶奶停下来，看着埃尔维斯的眼睛。埃尔维斯也看着她。"他或者好起来，或者……"她又停下话来，抓住他的手，"你知道图什腾和约翰生的是同样的病。"

她紧紧抓住他的手，似乎永远不想放开似的。

"可是约翰已经死了？"埃尔维斯轻轻地说。

"是的，那是很久以前的事了，现在，医生比那时知道的多多了。所以，我们现在还不肯定。"

她对埃尔维斯谈话就像对大人一样。这使事情容易多了，只要能够敞开谈，而不是躲躲闪闪的，事情就不是毫无希望。

"不管怎么样，我们必须克服困难，必须帮助图什腾！"

"当然，还有希望吗？"埃尔维斯小声说。

奶奶点点头。"只要人们相互帮助，希望就会更大。"她说，"图什腾已经帮助我了。"

"真的？"

"对，你也知道……"奶奶想了一下，随后告诉埃尔维斯说，图什腾帮助她认识到约翰去世时发生的事情。当时是

不被承认的英雄业绩

奶奶不好,她有些自私。她更多地为自己伤心,而没有帮助约翰。这次决不能再这样。重要的是图什腾,这关系着他的生命,不管今后是长还是短。

"你明白我的话吧,埃尔维斯?"

对,埃尔维斯明白。他靠在奶奶身上。奶奶抚摸着他的头发。随后她说了些重要的话。

"姥爷去世时你妈妈处理得很好,埃尔维斯!她是杰出的,真正帮助了姥爷!"

埃尔维斯心里一热。他虽然有些伤心,却感到自豪。他喜欢听奶奶刚才说的关于妈妈的话,尽管他不相信奶奶自私。

"是的,埃尔维斯,当时我是有些自私。"

他们静静地坐了一会儿,相互依偎着。

他内心里平静下来。但所有这些事情好像都很遥远,好像是从窗户里面看到的一些事情。他知道自己还没有真正理解它们。它们还没有走进他的脑海,还没有被他消化掉。

他站起身子,要回到图什腾身边。奶奶还坐着。

"要我跟你进去吗?"

"不用,我自己会走。"

"我们应该相信事情会好转,埃尔维斯!应该相信图什腾能克服困难,好起来。"

埃尔维斯轻轻地关上门,蹑手蹑脚地爬上床。他静静地

我就是我

仰面躺着,听不到图什腾的喘息声,他用力听着。

这时图什腾坐了起来。他醒了。

"你出去撒尿了?"

"没,我和奶奶聊了会儿。"

图什腾坐在床上,在黑暗中望着埃尔维斯床的方向。他们默默地坐着。埃尔维斯几乎不敢呼吸。他感到嗓子里有点发堵。

"你……"图什腾小声说,"我曾经住过的一个地方特别挤,你听说过吗?我们必须两个人住一张床……紧靠在一起。你曾经这样住过吗?"

没有,埃尔维斯一直一个人睡。他感觉孤独时,有时会去找妈妈。但她不喜欢,经常会拒绝。

"我感觉那样也挺舒服的,"图什腾轻轻地说。

"对。"

随后又是一阵沉默。图什腾坐着,看看周围,不再说话。他看了会儿,之后又躺下。

埃尔维斯心里怦怦跳动。图什腾在想什么,他为什么要讲这个?

"是兄弟俩睡在同一张床上?"埃尔维斯突然问道。

"不,不是总是,也不必要是。"

埃尔维斯静静地躺着,想了一会儿。随后他迅速地从床上爬下来,轻手轻脚地走过地板,钻进图什腾的被窝。

不被承认的英雄业绩

"你的床宽多了。"

图什腾收紧身子,向墙里挪动,低声笑笑。

"这样躺着可以相互说话。你想过要个弟弟吗?"

"想过,你呢?"

大闹教会学校

大闹教会学校

妈妈真是令人难以理解。

埃尔维斯偷偷地看着她。她在厨房里来回走着并在说话。她的观点十分明确。

"他们真不聪明,所有这一切他们都已经历过了,心里知道这有多么可怕!"她是在说爷爷奶奶。她听说了图什腾的情况,他患的是和约翰一样的病。图什腾也可能会死。她认为既然知道图什腾生病就不应该收留他。她认为这实在不聪明,也没必要。因此,当爸爸为他们辩护时,她生气了。

"他们喜欢这个孩子。"爸爸说。

"这样是自找苦吃,实在是太愚蠢了,实际上又没有这个必要,不是还有医护站吗!"

我就是我

姥爷生病时,妈妈是那么温柔,那么充满爱心。现在却十分无情。埃尔维斯记得奶奶说过的话。爸爸也多次说过,"姥爷去世时妈妈非常能干,她真正帮助了他。"

"她想的是姥爷的最大利益,而不吝惜自己。"奶奶这样说。

但是后来她变得更加吝惜自己了,埃尔维斯知道这个。但她应该明白他想去乡下,想与图什腾在一起,而不应该拉他后腿。

"不,我说过了,埃尔维斯掺和进去对他一点好处都没有,我认为家里的痛苦已经够多了。"

不管埃尔维斯和爸爸说什么,她只是坚持自己的观点。埃尔维斯根本没有机会表达意见。他必须置身事外。要是她早知道图什腾是这个状况,她根本就不会同意埃尔维斯到那边去。奶奶把这些事告诉埃尔维斯实在太残酷了。她一直极力保护他不受痛苦悲伤的折磨。她连约翰去世的消息都不敢告诉他。尽管这发生在好多年之前。

"不能让小孩子听到这类消息!"她对爸爸说。

"现在,情况已经是这个样子,"爸爸无助地说。他的观点得不到任何回应。

"很遗憾,我不想让孩子的夏天被毁掉。现在是暑假!埃尔维斯应该干点好玩的事!"

"那边挺好玩的,"埃尔维斯试着解释,"图什腾挺有趣的。"

大闹教会学校

"现在,你给我闭嘴,埃尔维斯!这事你不懂!"她叹口气,换了口气。"可怜的孩子,妈妈的小埃尔维斯,你卷进这场争论里面,不是妈妈的意思。"

她拍拍双手,现在,她要为他安排点节目,免得他想起那些伤心事情。

但埃尔维斯立刻溜走了,他不想听下去了。当妈妈认为自己正确时,别人没法和她讨论问题。唯一的希望是医生给她打个电话来,那时她可能会改主意,不过也说不定。如果她怕丢面子,就不好办了。

最难办的是,她不惜任何代价都想把他留在城里。

还有那个拉侬萨!

这个丫头自以为埃尔维斯会和她一起玩。她每天都准时来找埃尔维斯。妈妈高兴极了。

"埃尔维斯有了个小未婚妻!"妈妈得意地打电话给阿姨们说。

埃尔维斯听到了这些可怕的消息。她说埃尔维斯对拉侬萨很腼腆,因此经常躲着她。

但实际上他很高兴,这可以看出来,他只是有点吃惊,妈妈带着戏谑的口气说,他们在一起真可爱。妈妈第一次看到拉侬萨就感觉到有点儿特别,这个孩子真是非同一般!

很明显,妈妈的第六感觉没什么用处。她可能感觉到许多东西,但却全搞错了。

要是她知道!埃尔维斯虽然不想说出来,但他敢肯定他得到的那两封匿名信，那两封妈妈认为非常可怕的信，都出自妈妈的这个宠儿的手笔！

实际上妈妈也应该知道，当时她非常肯定，说信后面肯定有鬼。毫无疑问，写这种信的人不怀好意。她要保护自己的埃尔维斯。随后她与斯万出去抓坏蛋。但坏蛋没有来。

只来了个可怜的拉依萨，还把自己的腿让自行车擦破了。她是这样可爱，她们都被感动了，都跑去安慰她，给她包扎，还给她买冰激凌。她当时非常感谢，这个丫头！

是的，如果妈妈知道她就是……

实际上，这可能对妈妈有用。但他已经决定保持沉默。拉依萨对妈妈挺好，比他自己要好得多。她喜欢妈妈。他不想毁掉这个。此外，他也不认为那两封信有这么可怕。

拉依萨是个"离弃的孩子"，妈妈告诉他说，她说这事时的声调好像是悲剧性的。但她忘记了，不久前埃尔维斯也差点变成"离弃孩子"。

拉依萨主要跟她爸爸住。她不喜欢她的妈妈，因为她妈妈"恨"她。

"真是奇怪的人，"妈妈说，"竟然会恨自己的孩子！"

拉依萨把这一切都告诉了他妈妈，但没告诉埃尔维斯。他可能也不会听，他对拉依萨不感兴趣。

每天早上拉依萨都准时来按门铃，先问埃尔维斯在不。但他努力在她来之前就出门。这时她就问能否带赛三出去。

大闹教会学校

这自然没问题,有时妈妈也跟着一起去。她们带着赛三散步走出很远。

当埃尔维斯回家时,她和妈妈坐在厨房里。她们想和埃尔维斯玩费亚游戏。有时他会参加。这时他会努力去赢。他打掉她们的头牌,她们就出局了,妈妈和拉侬萨。

妈妈过去总希望埃尔维斯赢,现在却左右为难。她不再为埃尔维斯的胜利而高兴,而希望拉侬萨能赢。因为拉侬萨一输就特别伤心,大大的眼睛里充满了小小的泪珠,妈妈对此不知所措。但她尽最大努力让自己输掉。现在,埃尔维斯不再帮助她,他只想自己获胜。他技术上比她们高。和他玩费亚她们只能认倒霉。他是个危险的对手。

一天,拉侬萨来问埃尔维斯能否跟她去参加个活动。她去问他妈妈而不直接问他本人。但埃尔维斯拒绝了,他不想和拉侬萨一起去参加什么活动。

她的眼里立刻涌出泪水。她站在那里,头歪着,一副可怜无助的样子。妈妈的心里开始难受,她拉着埃尔维斯走到一边对他说,不能像个粗人一样对拉侬萨。拉侬萨来这里高高兴兴地请他去参加活动,他不能无礼发横。

"现在,你去参加这个活动,你明白吧!然后回来再说!"

埃尔维斯没有回答,但气得火冒三丈。

"会有冰激凌蛋糕,"拉侬萨说,"上面浇着巧克力汁。还经常有做成金五星和小天使形状的小点心。"

我就是我

"小天使?"埃尔维斯变得怀疑起来。他也不想要什么天使。

"但是冰激凌蛋糕呢?想想多好吃,你都多长时间没吃了?"妈妈说。

他不记得了,也不想管它。妈妈气得直瞪眼。他叹口气,让步了。

这是礼拜日学校的聚会。拉侬萨在上教会学校。

"只是为了冰激凌蛋糕和天使的缘故。"她保证说。

他们不需要管别的事。唱歌时做做样子就行。当他们祈祷时严肃点,其实这类事不会很长,因为后面还要聚餐。

拉侬萨单独与他相处时,变得好了些,不搞其他名堂。但他还是不喜欢拉侬萨。

礼拜日学校坐落在一座普通的房子里,不在教堂里。来了许多孩子。一个老老师,一直在微笑,一点也不严肃。她祷告时闭上眼睛也在笑。

拉侬萨有些失望。这不是她平常的老师,她对埃尔维斯小声说,这只是一个普通的阿姨。

"可惜,可惜。"她烦恼地摇摇头。

但埃尔维斯的眼睛离不开那个老师,她的微笑被固定下来,非常像一幅古老的画像。他不禁在想,她怎么才能去掉微笑,那时她会是什么样子。

开始是一些宗教活动。她又讲起那个古老的故事,上帝为了其他所有人的罪业牺牲了自己唯一的儿子……耶稣,这

大闹教会学校

是个令人伤心的故事,但她还在微笑。对她来说,似乎上帝牺牲自己的孩子是个好事。

普通的爸爸妈妈呢,他们牺牲自己的孩子也是正确的吗?这就是个问题。而孩子们,他们能够牺牲自己的妈妈和爸爸吗?

不,埃尔维斯不喜欢这个故事。有很多事情值得讨论,但为了冰激凌蛋糕的缘故,他保持了沉默。

随后,他们唱起"耶稣热爱所有儿童"的歌。他不相信这个,因此没有跟着唱。耶稣肯定不会认识所有的孩子吧?不管怎么样,平均到每个人头上不会有多少爱。埃尔维斯扭过头去,使别人看不见他在罢工。但拉依萨假装在唱歌。

宗教活动在室内进行,聚餐本身在花园里。儿童们被放进花园后,到草地上又跑又跳。这里老师立刻说,他们下脚时应该小心,要多想想,因为上帝数过每一棵草。

这时,埃尔维斯再也不能保持沉默了。他必须明确有力地反对。因为他正好知道此事。不久以前,他和图什腾仔细地讨论过这个问题。埃尔维斯把他们商量过的看法端了出来,很简单,上帝不可能数过这片草地上的每一根草。他最多能做些估算。但世界上有许许多多草地,谁也不能肯定他恰好会对这片草地有过兴趣。

当埃尔维斯讲述自己的看法时,老师像个上足弦的布娃娃,接连不断地点头,脸上堆满笑容,但她并不让步。

"上帝是万能的!"她说。

我就是我

"不可能!"埃尔维斯说,"所有不断长出的新草呢?他怎么处理它们?"

大家都一言不发。只有一个小男孩满怀兴趣地站出来说:

"上帝可能有一个计算器或者一台电脑,"他说。

老师摇摇头。

"上帝不需要计算器。"

"图什腾也不需要,"埃尔维斯说,"他算出了一个雪球里有多少个雪花,非常准确。但数草棵他不想干,因为这毫无意义。"

"你不能拿上帝与你说过的男孩相比,"老师微笑着说,"你应该知道,对上帝来说,没有不可能的事。他可以算出所有的东西,他知道所有的事情,能够洞察一切,耳听八方。好了,现在我们不说这些了,我们再来点让大家喜欢的。"

埃尔维斯还有话说,但拉侬萨推下他。他知道她的意思,为冰激凌蛋糕就不要再说了,他心里也希望快上蛋糕,别让他把聚餐搞砸了。他感觉到这个危险很大。

"一般都是最后上蛋糕,"拉侬萨担心地说,"下面可能是游戏。"

什么破游戏!埃尔维斯紧张起来。并不是所有游戏都好玩。早知如此,他可能就不来了。

这时老师拿来一篮子苹果。

大闹教会学校

"我们先吃点苹果，"她说着开始走动并分发苹果。她的笑容更加灿烂了。

孩子们安静地站着，在等待自己的机会。她开始在埃尔维斯附近发放。两个孩子已经拿到了苹果。

这时埃尔维斯发现了点东西。

在篮子中间有一个特别大的鲜红明亮的苹果！

他从来没有见过有这么大的水果，这肯定是世界上最大的苹果！只此一个。篮子里其他所有苹果都是青的，中等大小。

埃尔维斯像中了魔似地盯着那只大苹果，看得越多，眼睛变得越大越圆。他必须拿到这只苹果！

他今天就是为它来的！这也是这次聚会的意义所在，他要得到这个苹果，把它送给图什腾！使他在那本大自然记录上写上一笔。想想，他会变得多么高兴！

他一高兴，说不定就会恢复健康！

这个苹果是个奇迹。一个奇迹可能带来另一个奇迹！

对，图什腾必须得到这只苹果！

但愿别人不会捷足先登！篮子从一个孩子走向另一个孩子。一个接着一个孩子取走一只普通的绿苹果。奇怪的是没有人去动那只红苹果。他们可能很腼腆，不敢去动那只苹果，或者他们感觉这个苹果不是为他们准备的。但苹果每被从篮子里取走一只，埃尔维斯的心脏就跳动一下。

我就是我

他不安地看看周围。还有多少人?不很多……

但拉侬萨站在他旁边,露出贪婪的目光。他不信任拉侬萨。她可能会拿那只苹果,这得加以制止。

他小心翼翼地移动一下,不为人注意地溜到拉侬萨的几个孩子前边,紧张得喘不上气来。现在只剩下两个女孩了,再下面就该他了。

谢天谢地。她们都没有拿那只苹果。她们也不敢拿。

但他敢,老师还没有递过篮子,埃尔维斯已经拿到那只红苹果。他拿到了,他得到了!他两只手胜利地举起大苹果,脸上露出灿烂的笑容。他感到自己既幸福又强大。

这时老师放下篮子,拍拍双手,更加微笑着。埃尔维斯自豪地拿着苹果,知道他已经赢得了这只苹果。因此,老师现在拍手并叫喊:

"孩子们,孩子们!现在,大家从这里学习点东西!我想要你们大家都看着这里!看看这个埃尔维斯·卡尔松!你们看到了,他手里有个又大又红的苹果。"

埃尔维斯自豪得脸色通红,他翘起脚跟高举起苹果,以便让大家都能看到,看看他赢得了什么,这么个礼物!

现在,老师继续讲话:

"篮子里只有一只漂亮的大苹果,其他的像你们看到的那样,是一些普通的苹果。所有的孩子都对它们感到满意,他们想着后面的人。只有这个埃尔维斯·卡尔松,他不这样做,他拿了这只最大的最漂亮的苹果!他以为是这样,他只

大闹教会学校

想着自己！现在，孩子们，我想让你们从埃尔维斯·卡尔松身上学点东西，以后不要这样做。不能为自己拿最大的，最好的东西。要留给后面的人！现在，请你们都记住这一点！"

埃尔维斯听着，慢慢回过味儿来。

这就是她的聚会祝词吗？

他看到孩子们脸上幸灾乐祸的表情，他看到老师满脸皱纹的面孔。现在，他看清楚了那个脸上根本不像他以为的那样有什么微笑，她脸上固定下来的只是讥笑。他双臂垂下，手落在腿边，耳朵里听到大苹果落在地板上滚动的声音。

老师站在那里对他点头，慢慢地点头。

"正是你埃尔维斯·卡尔松！正是——"

一个女孩拾起红苹果，把它放进篮子后，行了个屈膝礼。老师拿起红苹果并拿着它走到埃尔维斯面前。她用其食指上长长的指甲敲敲大苹果：

"这是个人造苹果！它没法吃。"随后她拿起篮子，再次递给埃尔维斯。

"你肯定不会重犯这类错误，所以，你可以拿另一只苹果，一个和其他孩子一样的苹果。"

埃尔维斯瞪着她，盯着她那张刻满纹路的脸。他向前迈出一步，抓住篮子底一掀，苹果滚落在草地上。

随后他转过身体，飞奔而去。

我决不改名

"每天行吗?"埃尔维斯满怀希望地问道。

"不行,隔一天去一次,这就足够了,"妈妈说。

"还是每天吧!"

"不行,隔一天!你听我说过了!"

他们是讲隔多长时间埃尔维斯可以去看一次图什腾。大夫已经打电话与妈妈谈过了。她仍然反对埃尔维斯去,但她觉得大夫在电话里说话声调柔和动听,就同意了。她马上又后悔了,感觉上当了,但她既然说过了就得算数……

条件是埃尔维斯坐公共汽车当天来回。在那边过夜是做梦也别想!埃尔维斯搞什么名堂也没用,她会派爸爸开车马上把他拉回来。

我就是我

"你应该知道这些,这是为了你考虑!"

他当然知道她在为他考虑,但为什么不问下他的意见。对她来说,现在去乡下没什么好玩的,图什腾病成这个样子。这是她应该保护埃尔维斯的时候。图什腾病了,可能会死,还有什么好看的。

因此她极力保密大夫的谈话,尽量对此保持沉默,想骗过埃尔维斯。

这时,图什腾打来电话说拍卖会的事。进展非常顺利,埃尔维斯的胡须草都卖出去了,得到18克朗5奥尔。一共4盆,人们争着买。拍卖员刚开始卖第一盆,有个老太太就喊"我出50奥尔买这盆好吗?"但马上就有人提价,图什腾都没看清是谁喊的,发展太快了,第一盆卖了2.5克朗。第二盆也差不多,开始报价很低,很快就升到3.1克朗。后来价格继续上升。第三盆上到5.2克朗,而第四盆上到7.25克朗。对了,人们对埃尔维斯的胡须草真入迷发疯了。

"所以,你现在可以来取钱了!"图什腾说,"你什么时间过来?"

"我尽快吧!"

"什么时间?今天?"图什腾来劲了。

"好的,"埃尔维斯也忍受不住诱惑。他想最坏的可能就是出走,他受不了老被阻挡的滋味了。

妈妈一直在听着他的对话。这时她才透露大夫来电话

我决不改名

了。但她不想因此而使埃尔维斯着急。很快就要开学了,没有多少时间了,她本来想把这件事拖过去算了。

"我想你应该很好地利用下暑假最后这几天。小伙子,拉依萨很想见你……"

"图什腾也想见我!我自己决定见谁!"

她深深叹口气,这孩子真令人失望。而她也太愚蠢,竟然答应了那个大夫……

"只能隔天去,埃尔维斯,你听到了?"

自然,这是让他另一半时间见拉依萨。这个丫头还是每天都来讨她喜欢,或者和赛三出去散步。

"她来这里都是为了你,你得明白,埃尔维斯!"妈妈说着并盯着埃尔维斯,仿佛他是在故意调皮。

他对拉依萨也不理解。她应该知道他对她并不感冒,但她却一点儿也不难过。

有一次,他问她:"就没有人和你一起玩吗?"

她却睁大眼睛反问:

"我不是有你吗?"

他一下子差点儿晕过去。

还有一件事也使他吃惊。拉依萨竟然没有把他大闹礼拜日学校的事向妈妈打小报告。他本以为她肯定要这样做,甚至作好了最坏的准备。妈妈会感觉他丢了她的脸,她为了埃尔维斯丢尽了脸。她对他说过多次不能为自己先挑最好的东西。他们还为此争论过。因为大家都这样想,最好的东西就会被剩下,这不也是犯罪?他是这样认为。但妈妈却说就应该这样。换句话说,这是难以理解的愚蠢!

他从来不会立即为自己挑最好的。为了他喜欢的人他可以自己放弃,例如安娜露丝或图什腾。但如果仅仅是为了礼貌,为了显示下自己的教养,就放弃心爱的东西,他就不同意了,这只是浪费。

如前所说,拉侬萨没有向任何人讲起苹果的事,既没有向妈妈,也没有对他说。唯一她说过的是那天聚会没有上冰激凌蛋糕,而只上了普通冰激凌,他们被人骗了,只是因为周日学校的真正的老师没来。

"所以,你先走也没吃什么亏!"

她表现得相当好。

但在其他方面,她和安娜露丝就没法比了,差别太大了。安娜露丝决不会搞什么阿卡贝克式的爱情和类似的无聊,也不会跑到妈妈那里钻营,更不会追在她屁股后面讨好。

安娜露丝也不会为打碎学校玻璃思考这么长时间,她会直接问他,随后就不再提起。

但拉侬萨现在还在考虑这事。她不会放下它,而突然就开始唠叨这事,问他为什么这样做。她以为这是为了她,尽管他已经说过上百次不是这样。

我决不改名

她不知道这事是说明他强大呢还是软弱。如果他是为了解救别人,就是强大;如果他只是为了自己,为了提高个人声誉或其他,就是软弱。她不知道应该怎么看,因而唠叨不休。她认为他这事干得太差劲了。

"什么差劲?为什么?"

她也没办法回答。

不,拉依萨是个难以理解的怪人。最好还是去找安娜露丝,和她在一起才好玩,她才是他可以相信的人。

他不知道拉依萨究竟是个什么人。现在,她很老实可爱,但她曾经向他脑袋上扔烂李子和橡子,讥笑过他,写讨人烦的信件,他知道的够多了,但妈妈不知道。

现在,他被迫与这个丫头在一起,仅仅是她和妈妈决定这样,而不征求他的意见,像往常一样。

如果不是为了图什腾,他是绝对不会接受的。现在,他们起码可以隔天见面。如果他拒绝见拉依萨,可能连图什腾也见不到了。尽管这很荒唐,但他感到,这两件事就这样联系在一起。

现在,他在这两个世界间游动。隔一天,他到乡下去见图什腾,与爷爷奶奶在一起。大家都很高兴,每一分钟都过得很值。他们总是知道应该做什么,他们什么都可以聊。甚至图什腾可能死去的事也可以说。图什腾自己也说,虽然不经常,但需要时就说。听起来,他并不认为这事是那么令人伤感。

"我计算过，如果我三个月后死，我的生命也不像听起来那么短暂。当然月数、年数不多，但按小时、分钟和秒数就不同了。"

奶奶温存地看着他。

"对，看看图什腾多会计算！他知道怎样使生命过得长些。"

"你们都知道自己在几分钟内来得及做些什么。"图什腾说，"三个月实际上有13万分钟，如果以秒计算，有近800万秒。"

这是真的，关键在于人们怎么计算。

在家时，大家从来不说这类问题。姥爷去世时，妈妈很能干。她帮助姥爷，但却不会与埃尔维斯和爸爸谈话，也不让他们参与发生的事情。

姥爷年纪大了，没有多少希望了。而图什腾可能还有希望，当然现在还不肯定，病情时好时坏。他想挺过去，但又不敢抱太大希望，以免大家失望。他说："就目前情况来看，最好让生命而不是死亡给人们带来惊喜。"

他还这样说，大自然里所有的事情都秩序井然，因此死亡可能也不那么可怕。这也是自然的事情。大自然是人们可以相信的，它不会犯重大错误。

图什腾还说过，他对这些问题考虑过很多。爷爷也同样

我决不改名

这么说。这可能是生命升华的最后一级,这谁也不清楚,只能等着看。

人们不需要害怕自然发生的事。这点可以肯定。因此人们应该知道什么是自然的,什么是不自然的。爷爷对此非常清楚。

但妈妈不一样。她不懂得什么是自然的,不会顺乎自然,而总是插手制造麻烦,这就成了问题。

这就是为什么家里总是不安,在空气中充满了焦躁,似乎所有的事都可能变成危险,鸡毛蒜皮的事也会使妈妈发疯。她总是担惊受怕,既不相信自然,也不相信生活,而想欺骗它们,这是行不通的。

因此,在家里,人们很难真正地高兴、真正地开心。没有什么是理所当然的。她甚至害怕别人的笑声,对此也必须问个究竟。

但在爷爷这里,人们可以欢笑,随便你怎么笑都行,没有人会问为什么。图什腾也和大家一样笑。这里什么事都很简单、很容易。人们可以随便讨论死亡一类严肃的话题。而家里却空气沉闷,尽管他们有时也开个玩笑,玩玩费亚游戏。

这与那个埃尔维斯·普雷斯利也有关系,他还悬在空中。他去世后妈妈有些失常。她不想谈论这事。埃尔维斯曾经试过,但她根本不听,她假装没听见,也不作回应。

他的名字来自埃尔维斯·普雷斯利,难道她忘了吗?

我就是我

这件事以前非常重要。"真正的埃尔维斯",如她所说是埃尔维斯·普雷斯利,而不是埃尔维斯·卡尔松。那个才是真的,而她的埃尔维斯只不过是臭狗屎,他早就注意到了。

但现在他成了唯一的埃尔维斯,真正的埃尔维斯过世了,在世界上没有了,只剩下埃尔维斯·卡尔松。

他心里感觉怪怪的,有点寂寞。

埃尔维斯·普雷斯利活着的时候,他并不关心这个猫王。妈妈经常放的他的那些歌曲,有些埃尔维斯都会背了,尽管他从来没有认真听过。只要他不捂住耳朵或者关闭它们,歌曲就从这只耳朵里进去,从那只耳朵里出来。

现在,他想听听这些唱曲,但妈妈再也不放了。如果她听到收音机播放他的歌曲,就会马上关掉它。埃尔维斯必须偷偷地听。他经常利用妈妈外出的时间播放,特别是那首妈妈最喜欢的叫"木头心"的歌。

有一次他正在播放时,妈妈回来了。这时她流露出一种奇怪的表情。她没有跑去关上唱机,如同对她不喜欢的别的东西一样。而是走进厨房,关上了大厅和厨房门。很明显,她不再喜欢听埃尔维斯·普雷斯利的歌。

短短的一段时间,人怎么会变化如此之大?

自埃尔维斯·普雷斯利去世后,她变得害怕他了。

但对埃尔维斯来说,现在听听猫王的歌曲很有意义。不是因为他走了,而是因为他曾经在这座房子里有过重要影

我决不改名

响。不仅对妈妈,而且对他自己,他出生后的几乎每一天都听到他在唱歌。因此,不可能这么容易地把他抹掉。

埃尔维斯·卡尔松为猫王在家里的遭遇感到痛苦。

他尽可能多地偷偷听他的歌曲。有时他感觉猫王在为他直接歌唱,这时埃尔维斯也跟着唱,大声唱。现在,他已经学会用英语唱"木头心"了,实际上这并不难。

埃尔维斯还注意到,在普雷斯利歌声中流露出寂寞,实际上非常的寂寞。妈妈会没有听出来?她不是也害怕寂寞吗?

一天,突然所有的唱片都不见了。电唱机上方一直悬挂的猫王画像也不见了,却挂着一张姥姥送的画着红色郁金香的图画。

这太过分了。埃尔维斯到处寻找,却没找到这些唱片。她可能把它们放到顶棚上或者地下室里了。他不敢询问它们的下落。爸爸可能也认为这样很好。

现在,家里经常放的是拉依萨赞扬的歌曲,自然是来自丽萨·米奈莉的唱片。

随意把一个人扔进垃圾堆,假装他从来就不存在!这样做太愚蠢了,人们实在不应该这样做。

这几乎是妈妈所做的最坏的一件事。她一点也不想想是她决定以他名字为儿子命名的?现在,一下子就把他扔了。

看来她正在考虑这个问题,不过是以她的方式。

突然,她开始说错他的名字。

我就是我

"小艾利斯,你在哪里?"

第一次时,他还以为是他听错了。但这事反复发生,他不会总听错吧!这时他纠正她,而她假装没听见,却继续说错。他有时再纠正她,但也不是每次都抓住,他不想吵架。他想,这种事总会过去的。

但事与愿违。过了一阵,她开始试用另一个名字。

"艾利亚斯,我的小伙了,你在哪里?"

这时他生气了,但装作没事一样。他想,她可能会自己停止的,如果他不吵闹的话。

但她还在继续。随后他的名字变成了埃尔文。很难确定一个名,这是她的典型作风。她不肯定时,就需要试验多次。

"埃尔文,小伙子,你在哪里,出来我看看!"

她走来走去,装作在找他,似乎他是个小孩子。她说错名字时,总要装出爱抚或者开玩笑的样子,因此使他很难坚决反对。他想让她去玩吧,很快她就会厌倦的。

但妈妈不是这个样子,她很顽固。她脑子里有想法时,决不会轻易放弃。她会慢慢且坚决地推行自己的意愿。

一天晚上,就她和埃尔维斯单独在家时,她说要搞个"神奇"的夜晚。

她在客厅里布置一下,点上蜡烛,请他吃烤香肠和面包加芥末。她穿上那件埃尔维斯喜欢的宽袖蓝衬衫,显得既可

我决不改名

爱又高兴。她说想和他好好谈谈。

他也愿意。现在，可以聊聊为什么她这样对待埃尔维斯·普雷斯利，能搞明白这个问题也不错。

但他很快就注意到，当妈妈说好好谈谈的时候，意味着她自己要说话，而不是他可以说话。他只能听，只能赞成，否则就不"神奇"了。

她开始先讲姥爷，他们怎样相亲相爱，他和她，她怎么崇拜自己的爸爸，她得到埃尔维斯时是多么自豪。当她向姥爷展示他时，她非常紧张，很想知道姥爷对埃尔维斯的看法。

"我有什么值得让姥爷看的？"埃尔维斯说。

"你当然有，小伙子，姥爷立刻被你迷住了！姥爷真的非常爱你。"她看着他的眼睛深处说。

埃尔维斯低下自己的头。当知道一个人正在撒谎时，很难去看着对方的眼睛，比自己撒谎时要困难地多。他知道这不是真实的，姥爷从来不喜欢埃尔维斯。姥爷认为他是个失败的孩子，他自己早就知道。姥爷公开地表现他的情绪。但埃尔维斯不想说这些事，以免让妈妈难过。这毫无必要。她自己也知道这事，而且为此难过。他也感觉到了，妈妈为此生他的气，认定这是他的错误。

现在，姥爷已经过世了，她自然只想他好的一面。但内心里，她也知道她的爸爸不爱她的孩子。不，埃尔维斯不需

我就是我

要说什么。他一言不发,让她相信她想信的事。

这时她叹了口气,伤感地看着他。

"只有一件事,姥爷不喜欢你。"她说。

"啊,什么?"埃尔维斯看着她并在想,"她究竟想说什么?是什么特别的事?好像她想说点什么。"

"别吓成这样,小伙子!你盯得我都有点害怕了。这不是你的错误。我不是这个意思。这是妈妈自己的错误。是妈妈不听姥爷的话,你明白吧!真的非常顽固,不听话!你能想象出吧?"

这时他跟不上了。这与他有什么关系。她刚才说姥爷不喜欢他的什么东西,她是什么意思?

妈妈坐着叹息,她可能想要他的安慰。她摆弄纸巾,好像要哭。

"妈妈已经受到了处罚,你也知道……"

对,他知道这事,他已经听她说过好多次了,她得到他是因为她的罪业。他就是那个报应。但是现在,她为什么重提此事,他们不是要过个神奇夜晚吗?她忘记了?

这时他感觉到妈妈想重新吸引他的目光。"妈妈的小宝贝……你知道姥爷不喜欢你什么吗?"

"所有的。"埃尔维斯暗想,但嘴里什么也没说。

"对了,你知道,姥爷坚决反对我为你起名埃尔维斯,但我不听他的话!你知道,我现在后悔得肠子都青了。"她

我决不改名

深深地叹口气。"姥爷不喜欢你的名字,埃尔维斯!"

埃尔维斯看着远处,姥爷喜欢不喜欢他的名字关他什么事?这是妈妈的事。他不想回应这个问题。

妈妈似乎拿不准,因而说话声音很小,但她继续说:

"这段时间我想了很多,你知道,这对妈妈一点也不好玩。现在,姥爷已经不在了,我才知道我对他是如此不孝。"

埃尔维斯看到那支粗蜡烛在向下滴蜡油。他开始玩弄起来。这是个吸引妈妈改换思路的最好方法。蜡油会滴到桌布上,这是妈妈所知道的最可怕的事。

但现在她对这些事无心一顾。

她站起身子,从大立柜里取来相片盒,开始在老相片里翻找。她给他看她小时候的照片,姥爷、姥姥的照片和其他一些人的照片。

他喜欢看相片,这很有趣。绝大多数照片都是还没有埃尔维斯时照的。这些相片很吸引人,埃尔维斯看得很仔细,注意每个细节。他出生以前的那个时候,照相时似乎有着不同的光线,一种陌生的、更洁白的、更固定的光线,很少有影子。

"这可能是因为照相机的缘故。"妈妈说。

但他有些怀疑,这与时间也有关系。新的照片上光线更加活泼,有许多不安的背景。不管怎么说,他是这样看的。

妈妈在相片堆里寻找,她很急切。屋里的气氛又变得有

我就是我

些神奇。埃尔维斯几乎忘记了刚才还有些紧张不安。他为自己倒上新的汽水，给妈妈倒上咖啡。她还在盒子里寻找，寻找一张相片。

"你知道这是谁吗？"

埃尔维斯接过照片。这是一个青年男子的照片，肯定是在有埃尔维斯以前照的，他手里提着旅行箱和一把黑伞，头上戴着大礼帽。不，他以前从来没见过他，不知道他是何人。

这是姥爷的兄弟，他去了澳大利亚。这张照片是他出发前照的。他留在了那里，现在还住在那边。

他仔细地看着男子的面孔。

他看起来挺精神的。

"他长得很帅，"妈妈说，"几乎和姥爷一样帅。"

埃尔维斯觉得他比姥爷更帅。自然，他没有说出来。他们不再说话。他看着相片。妈妈似乎想说点与此有关的事，但猜不出是什么。

"他比姥爷年轻？"他随便找点话说。

妈妈点点头，她弯下腰来，看着相片。

"他叫艾利斯，"她说，"我叫他艾利斯叔叔。这是个漂亮的名字，埃尔维斯，你觉得呢？"

埃尔维斯心里一沉，把相片还给妈妈。

"姥爷想让你叫艾利斯，而不是埃尔维斯。现在，我认

我决不改名

识到他是对的。"

埃尔维斯猛地站起身子。他不知道她到底想做什么。但他心里开始沸腾,他已经听够了!

她现在想拿走他的名字?她自己给他起的名字?像过去一样,拿走这个唯一适合他的东西!

他们互相盯着。

"姥爷不能决定我叫什么!"他嗓子里堵着点东西,很难讲话。

妈妈微微一笑。

"不仅仅是姥爷,埃尔维斯,当时爷爷也这样看。"

她中断了说话,惊恐地看着他。他站在那里,眼睛里充满仇恨!她做错什么了?她试着重新微笑。

"坐下,小伙子,我们可以讨论一下吗?"

她坐着在笑什么?他几乎想给她个耳光。

"不,不!"他大声吼叫。"我叫埃尔维斯!做过的事就是泼出去的水!这是你自己定的!埃尔维斯就是我,我,我就是埃尔维斯!你懂不懂?"

地球在我心中

地球在我心中

对埃尔维斯来说,这是黑色的一天。他夜里做噩梦,白天想坏事,情绪降至了最低点。

他又梦到了那个红苹果。那个教会学校聚会上他想拿来送给图什腾的漂亮的大苹果。在梦里,它实际上是个危险的苹果,里面烂了,有味,有毒,可怕极了。

整个梦他不记得了。但妈妈坐在爷爷家外面向他头上扔苹果,使他没法进去见爷爷。只要他一试,就有一个苹果打在他头上。

爷爷坐在窗口却爱莫能助。他不能离开脸色苍白很快就要死去的图什腾。

埃尔维斯哭醒了。他希望要死的是他,这样爷爷就必须

我就是我

和他在一起。

他慢慢平静下来。但他躺在床上很长时间，他拉紧床单把自己从头盖到脚。房间里很亮，光线从床单上透过。他觉着自己就像躺在棺材盖下面，双手交叉放在胸前，一动不动。他尽力不呼吸，装作躺在一个白色棺材里，已经死了。他尝试死后的感觉，他试着不思考、不感觉、忘掉所有事情。他长时间地躺着不动，感到身体开始僵化，几乎认为他再也不会动了。这感觉不错。

这时妈妈来了，她掀开床单，拉他起来。

"你今天要去看爷爷，埃尔维斯！你忘了？快点，要不然赶不上公共汽车了。"

她刚才叫他埃尔维斯，可能放弃了改换他名字的念头？但这也说不准。她可能会找到别的办法。

不管怎么说，他就叫埃尔维斯！

只要爷爷不认为这个名字太坏，他就叫它，这是他的名字！

正当埃尔维斯动身去赶汽车时，奶奶打来了电话说，图什腾今天病情恶化，起不来了，埃尔维斯来就没意思了。

埃尔维斯从妈妈手里接过话筒，要亲自听听奶奶怎么说。他不明白这事。他还是可以去吧，他可以与爷爷在一起。

"但今天医生要来，爷爷没有时间，等到明天也行，看

地球在我心中

看图什腾好些不。"奶奶的声音急促不安,她不想再多说。他们放下了话筒。

但埃尔维斯还是想去,为什么他不能去?

"你听到奶奶怎么说的了,埃尔维斯!要是图什腾身体不好,就没有什么乐趣了。"

他不为什么乐趣,他现在只想和他们在一起,他属于那边。

"他们可能想单独在一起,埃尔维斯!"妈妈说。

"单独?"他不明白,"单独和图什腾在一起?"

他们要做什么,如果他,图什腾……

"他们不一定想要你去,小伙子!你应该明白。"

不,他确实不明白。他脑子乱了,一些恶劣的念头跑了出来,一些他马上就想扔掉的念头,但他想扔也扔不掉,它们自己又回来了。

他在想图什腾装着病得比实际上厉害,为了单独与爷爷在一起。

他在想如果图什腾非死不可,那最好现在就死,而不必躺在那里阻止埃尔维斯去看自己的爷爷。

不管怎么说,这是埃尔维斯的爷爷奶奶,埃尔维斯总是第一!当图什腾来时,埃尔维斯已经和爷爷奶奶在一起8年多了。

实际上埃尔维斯够好了,把爷爷借给他,但从来没人向

我就是我

他表示感谢，而且开始时也没有先征得他的允许！他们应该先征求意见——这是他应该提出的最低要求！

他过去从来没有埋怨，但是现在他们走得太远了。连他也不能去和他们在一起了！

他心情不安，他们就不明白吗？他为图什腾而焦躁不安、十分难受，但他还是没法阻挡这些乌七八糟的念头。尽管他也不想这样，不是这个意思，自己也不相信这些东西。

这太可怕了。

为什么图什腾不向奶奶说，他想要埃尔维斯来，他病得就这么厉害？想想，要是他现在正在死去！而埃尔维斯却不与他们在一起！

这一天像蜗牛一样爬得那么慢。埃尔维斯的忧虑在增长。他不知道怎么放松自己。外面正在下雨。连那个拉侬萨也不来。

不过她还是挺幸运的。要是她这会儿来，埃尔维斯会与她玩费亚，会杀得她丢盔卸甲，连妈妈也一起溃不成军。她会一次又一次地失败，因此还是不来最好。

但什么事情也没有发生。这是他经历过的最漫长的一天。

妈妈在烤制点心，像往常一样没完没了地打电话，因此谁也打不进来，要是爷爷打来电话呢？

地球在我心中

不过他可能不会打电话,他可能必须看着图什腾。

正好晚饭之前门铃响了。

埃尔维斯认为肯定是拉侬萨来了。妈妈可能也这样认为,因为她跑着去开门。

门口站着的是爷爷。

埃尔维斯瞪大眼睛看着他,好像在做梦一样。真是爷爷?"爷爷!"他冲上去一下扑进爷爷的怀抱。爷爷接住他、举起他,抱了又抱,埃尔维斯!

爷爷进城来买药。他马上坐公共汽车回去。现在想带上埃尔维斯。他看着妈妈,这样成吗?

当然了,妈妈点点头,立刻去为埃尔维斯收拾东西。他可以在那边过夜。

图什腾情况怎么样?她问。

"唉,总算好了些,他吃上这药后会更好的。"

爷爷和埃尔维斯站在门口准备动身了。妈妈看着他们,似乎有些不好意思。她突然说爷爷进城来接埃尔维斯太好了,他一整天都焦躁不安,她为他很难过。

"但我不是那个能够给他快乐的人,尽管这是我的最大心愿。"

她低头看着自己的手并结结巴巴地说了这几句话,随后抬起头来,向爷爷微微一笑。她跑进厨房拿来了一个刚刚烤好的海绵蛋糕。

我就是我

"我可以送上这个吗?晚上你们可以一起尝尝。"

她看起来还有点腼腆。

爷爷表示感谢后打开大门。妈妈站着,在转动着自己手上的戒指。埃尔维斯看着她,就像好久没有见过她似的:可爱的,善良的,寂寞的妈妈。她想让他快乐。他心中感觉暖暖的。

"再见,妈妈!"埃尔维斯向她招招手,倒退着走出房门。

"再见,埃尔维斯!"

"我会回来的。"

"好的。"她招招手并微笑着。

他们走上街头时,她还站在窗口。埃尔维斯嗓子里一热。现在,他与爷爷走在一起,他们去坐汽车,而留下了她一个人。

埃尔维斯和爷爷到家时图什腾还在睡觉。目前来看,他没有什么危险。医生许诺说明天他会大有好转。

"现在,他能多睡会儿也很好,"奶奶说,"今天晚上你可以和我们一起睡,埃尔维斯。"

他们品尝了妈妈做的蛋糕,非常好吃。妈妈厨艺不错,爷爷也高度赞扬。

爷爷坐着边思考边用嘴吹起小曲。和埃尔维斯在一起他们都很高兴。埃尔维斯也很高兴来到这里,但却沉默不语,

地球在我心中

内心深处还有点难过。

来前他头脑里的那些肮脏的念头已经消失了，却在他心中留下了黑色的影子。他知道自己想过什么。这没法消除。

他怎能产生这些低级的念头，脑子会不会有什么问题？

这时他感到爷爷在看着他。他却不敢接受爷爷的目光。这时爷爷拿起他的双手，紧紧地握在自己手中。

"对了，埃尔维斯，我们现在都不容易。如果你、我、图什腾和奶奶都帮上一把，再挺不过去，我们就是一堆臭狗屎。你说呢？"

当然，埃尔维斯同意这个看法。

如果他能抛开那些乱七八糟的东西！

"我拿它们怎么办？"他问道。

爷爷摇摇他的双手，吹着他的小曲。

"你是说那些不好的念头？"他随后对埃尔维斯说。"你自己也清楚，你并不真的把别人想得那么坏。"

不是，但他仍然感觉这很可怕！

爷爷点点头。他理解。他说，埃尔维斯只能忍着点了。

"这种事我们大家都有，我也一样。我们大家都不够聪明，头脑里会产生一些邪恶念头，这也许是为了以后能够真正地摒弃它们。"

埃尔维斯眼睛一直看着桌子，现在，他抬起头来。

"真的，不会比这个更坏？大家都会产生邪恶念头？"

我就是我

他惊诧地问道:"连奶奶也会有?"

"对,很遗憾。虽然不太好,但事实就是这样。"奶奶说着轻轻一笑,收好杯子,走进厨房。

埃尔维斯看着爷爷的眼睛,那么他也没有什么不自然的地方?没有什么必须处罚的东西?他可以像现在这样继续生活下去?

"对了,埃尔维斯,你可以安静地过你的日子,安静地做你自己,只要你始终努力做个好人!"

这当然了。他肯定会努力的。这太好了,他总算明白了,心里的迷雾慢慢消失了。

"你认为埃尔维斯是个愚蠢的名字,爷爷?"

"愚蠢?这是你的名字,埃尔维斯。我会以为它愚蠢,你从哪里听说的?"

爷爷的额头上出现一道深深的皱纹,严肃地,有点严厉地看着他。随后他介绍了埃尔维斯取名时的情况。他当时不喜欢以一个名人的名字为他命名,很简单,他害怕那个拥有这个名字的名人会遮挡住他、会变得比他更重要。"这个危险存在。"他说。

对,埃尔维斯知道这个。

"但你干得不错,埃尔维斯!你确实把这个名字变成了你的。你现在就是埃尔维斯了。危险已经过去了,消失了。"

地球在我心中

埃尔维斯激动地拍起双手。对，爷爷说的真对。危险过去了！他心里的那个黑影也消失了。他吹起了爷爷的小曲。他们坐在玻璃厢房里的桌子旁，吹着小曲，敲着桌面进行伴奏。

这时，突然传来了第三个口哨。

图什腾站在门口！他刚刚醒来，感觉良好，对埃尔维斯的到来他感到高兴。

"你能来真好，"他笑着说，"这太好了。"

他随后跑进自己的房间，穿好衣服。现在，他想起床了。

"感觉好时，就应该抓紧时间。"他说，但脸色还是苍白。

"这不会加重你的病吧？"埃尔维斯不安地问。

"不会的，尽管今天清晨我差点死掉。"

"而我当时却不在。"

埃尔维斯盯着他看。图什腾看着他惊恐的样子笑了。

"你自己不怕吗？"埃尔维斯问道。

"有那么一点儿，"图什腾耸耸肩膀并作个鬼脸，接着又笑了，"你知道我一辈子就是不停地搬家、流动，从这里到那里。我都相当习惯了。所以，我想或多或少地过去一下，也没什么了不起。"

"混账的疾病！"突然从埃尔维斯嘴里蹦出来这么一句。

我就是我

"对,你说得对!"图什腾突然严肃地看着他,"混账的疾病!"

后来,谁也不知道发生了什么事。他们突然高叫着跑向山坡。那里立着个空的旧油桶。他们把它推倒在地,对它猛踢起来。随后,他们拿起木棍用尽气力猛敲打油桶。

"混账东西!混账!臭屎疾病!我恨你!恨!恨死你!"

他们骂声不断,他们又砸又踢,柴草坡上铁桶乱响,热闹非凡。

奶奶和爷爷也跑了过去。

奶奶有点惊恐,她看看周围,担心别人会听到。但爷爷也拿起根木棍猛打油桶。

"让这个老病见鬼去吧!"他吼叫说。

埃尔维斯和图什腾兴奋异常,能够这样大喊大叫,大骂大跳,真痛快!

奶奶还是有些惊恐不安。她可能不理解大喊大叫的好处,因此她试着解释说:

"也有人说可以以毒攻毒。"

她用询问的神色看着爷爷。他点点头说就是这样子。

图什腾站在油桶上,唱着,摇着双臂。他努力保持平衡,用脚蹬着铁桶来回转动。用力越来越大,使铁桶真的转动起来。

地球在我心中

"海员欢迎大风浪……"他高声唱道。

埃尔维斯用佩服的目光看着,他竟然成功地创造了海员之歌。他向埃尔维斯招手,叫他也上去。随后他们两人站在桶上,踩着滚动着的铁桶并高唱:

"听着滚滚波涛……"

后来,当晚上上床后,他们都难以入睡。图什腾躺着一动不动,呼吸声音像小鸟一样轻。

埃尔维斯起身,悄声走到他的床前:

"我们可以像被收养儿童一样睡在一起吗?"

图什腾挪动身体,为他腾点地方。

"不过,你不必要来安慰我。"

"不,你说什么?"埃尔维斯摇摇头。

"那好,"图什腾掀开床单,埃尔维斯钻了进去,躺在他的身旁。

"不过,你真死了也很可惜。"

"是可惜。"他们侧身面对面躺着,头放在手上。埃尔维斯看着图什腾的眼睛在黑暗中发光,图什腾也看着埃尔维斯。

"你是怎么知道的?"

图什腾没有马上回答,而只是轻轻笑着。

"对了,"他拉着长声说,"我灵机一动就想出一些念头,随后我开始说,好的,好的,一连串地对自己说。"

我就是我

有一天就像闪电一样，突然在他头脑里一亮，那个意识就在那里了。他明白只能适应这件事了。

"事情就是这样，人们总是这样来去匆匆，所以，我是第一个知道的，甚至比医生还早。"

听起来，他还有点自豪。他笑着。但埃尔维斯是严肃的。他难以发笑。图什腾拿起枕头扔在他身上。

"别想得那么严重！想想，我们不可能总在一起！"

"你是什么意思？"

"我们出生之前，上亿年我们都不知道。而在我们死后……一个轮回，又是一个世纪轮回，都不知道还有没有人类存在。"

但是奶奶相信人类仍然会存在，存在于某个地方。这也可能，但现在谁也不知道，所以，这也可能成为某种惊喜。

爷爷认为这都一样，幸运的是人们没有那么多时间可以浪费，不能整天神聊，大家都应该像图什腾那样分秒必争，珍惜生活。

"不过，正是因为这个原因，我相信你会挺过去，"埃尔维斯说。

他对此语调坚定，深信不疑。

图什腾看着他。

"你真这样认为？"

"当然！"

地球在我心中

他也感觉如此。他们向上躺着,看着天花板。窗帘没有拉紧。外面天空明亮,群星待出。一只苍蝇在光线束中飞舞。他们静静地躺着在思考。

"埃尔维斯,你很久前写信提出的那个问题……"

"对了?"

埃尔维斯知道,图什腾说的是关于地球或者世界中心在哪里的问题。他还没有回答。

"这是个困难问题。"他说。

当然,埃尔维斯也明白。

"我不知道能否回答你。"图什腾说着打个哈欠。

"没关系。"

图什腾又打个哈欠说,现在,他找到更多问题,而不是答案。他不能为自己的问题都找到答案,可能会变得相反,他也变成个提问人,而埃尔维斯变成回答人,他睡意蒙蒙眬地说。

"如果能够轮着干,也挺好。"埃尔维斯说。不多一会儿,图什腾又清醒过来。

"地球上共有多少人?"他突然提问。

埃尔维斯不太清楚,图什腾继续说:

"我们可以说有40亿人,我估计大约有这么多。"

"对了……"

"大自然是公平的,我们知道,如果你住在香港或者瑞典的斯毛兰,或者……"

"或者澳大利亚。"埃尔维斯补充说。

"住在哪里都没关系。所有40亿人看的是同一个太阳、月亮和同样的星星,没有什么太大的区别。"

"没有。"

"所以,我的意思是,"图什腾急切地说,"地球的中心必须离所有的人同样远近。否则就不公平了。你明白吧?"

"对。"

但这个地方在哪里?

图什腾在黑暗中用闪亮的眼睛看着他。他现在真正钻进去了。

"你能猜出来吗?"

"不,我不知道。"埃尔维斯摇摇头。图什腾笑了。

"当然,你当然知道!这个地方就在你自己脚下!"

"我脚下只有一小块床单。"

"别傻了。地球的中心肯定就是我们现在站的地方,对大家都是一样。所以,这个问题有40亿个答案,你明白了吗?"

"没有,没有真正明白。"埃尔维斯还在想。

"要是人们在空中,是一个宇航员呢?要是按你说的,地球的中心对他们来说就在地球以外了。这怎么说得通?"

不行。对宇航员来说他们脚下是宇宙的一部分,图什腾

地球在我心中

也必须承认这是个问题。

"当然,"图什腾打个哈欠,他还没有完全想明白这个问题,"不过思路是对的,走的方向也可能是对的。"他睡意蒙眬地说。他现在疲劳了。

"晚安,我们得继续考虑这事。"

他翻下身子睡着了。埃尔维斯想了一会儿。肯定有什么地方不对,他想不出错误出在哪里,很快他也睡着了。

第二天图什腾跟着去送埃尔维斯上汽车。

明天开学了。但埃尔维斯答应再来,尽可能多地再来。时间还早。他们走向下一站。在那边上车也一样。有时他和爷爷也散步到那里。

汽车站旁边有一个牧场。现在,有三头大公牛在那边吃草。它们站在围栏旁边看着图什腾和埃尔维斯从路旁走近,却视而不见,它们站着不动,其强壮的身体活像塑像一样漂亮。它们抬头仰望着天上大片的白色浮云,牧场上非常安静,人们可以听到公牛的喘息声。

埃尔维斯和图什腾停住脚步。汽车站就在下面。突然,图什腾开始向坡上爬,他说他习惯与公牛打交道。他弯下身子,用力喘气,慢慢接近公牛。埃尔维斯想制止他,公牛毕竟是公牛。

但图什腾毫不畏惧地继续前进。

"我喜欢它们,它们也喜欢我!"

我就是我

他爬上去，站在围栏里的公牛前面，用力呼吸并嬉笑着。公牛们慢慢转过头来，对着他沉重地呼气作出呼应。

这时汽车开过来了，埃尔维斯蹬上汽车。

"再见，我们再见！"图什腾高喊。

车门关闭。埃尔维斯砰地一声坐在椅子上，从车窗里望着坡上的图什腾。他在招手，身后站着三头大公牛，这是一幅漂亮的图画。在公牛身旁的他，是那么瘦小纤细，但这只是表面，实际上图什腾强壮有力，现在，埃尔维斯知道了，他顽强无畏，同时又充满爱心。动物们也能够感觉到这些。图什腾和公牛们形成了一个和谐的画面。

汽车扬起了一阵灰尘，公牛们不受干扰，抬头仰望着空中的白云，岿然不动。图什腾不断招手，直到汽车拐弯后看不到为止。

汽车进城后，埃尔维斯没有在他家附近的车站下车。他继续前行，他想把脑子里的问题想清楚了再回家见妈妈。当他内心平静时，可以更容易地听并和她说话。

他跟着汽车直到广场。在广场下车后，他取道向港口走去。今天是星期天，没人在这里工作，他知道艾立克不在，也没有快餐。

他不是为这个来的，他要看看大海。

天空乌云密布。在远处地平线上，乌云与大海交汇，共同消失了。他觉得这太漂亮了，真令人激动！

地球在我心中

他沿着码头前行。海鸥与海燕在空中飞翔鸣叫。空气中充满大海的气息。

这时一阵急风袭来,突然风力加大。大风抓住漂浮在空中的乌云,把它们摔得到处翻滚。

大风也抓住了埃尔维斯。他伸开双臂,让疾风狂吹。他与大风做了个好玩的游戏。他伸开双臂先迎风冲去,他喜欢大风的抵抗,奋力向前,疾风压得他没法呼吸。这时他突然转身,仰身背靠大风,像在一个大秋千中一样在大风中停留飘荡。

就像空中飞翔的小鸟,在高处把身体完全交给了大风。

这太好了,太美了,他不禁在心里唱起了快乐的歌。

这时,他自己也没有想到,突然他找到了图什腾没有找到的问题答案。

他盯着自己在风中跑动的双脚。

不,不是在脚下!不。

但就在他体内,在埃尔维斯内部,就在这个地方。它就在这里,在他自己心里。

这变成了完全不同的事情。

图什腾说为了公平,这个问题起码有40亿个答案,地球上每人一个,这是对的。

但是,最终答案是埃尔维斯自己找到的。这是个难题,答案在他心里欢笑:"我在这里!我就住在这里!"

我就是我

他回家后会马上给图什腾打电话,告诉他。

"现在,我知道地球的中心在哪里了,"他将这样说。

"在哪里?"图什腾肯定会这样问。

"对,在你心里,在我心里!在妈妈心里,在所有人的心里!"他会说。

这肯定是正确的回答!

你想想,知道了这个答案,人们会多高兴呀!

说说您的心里话

无论是父母亲人还是老师长辈,他们和孩子想的、实际做的都有很大差异,可这些大人们却按照自己的想法来评判、管教孩子,于是亲子沟通问题多多。

本套丛书主要是以"大人与孩子"的互动沟通这个中心主线,围绕上述问题展开的。我们发现,当代中国的家庭和学校,也存在瑞典作家笔下的这种沟通不畅问题。

说说看:

(1)妈妈为什么觉得埃尔维斯有点神秘古怪、搞不懂?这种情况,在你们家里是否发生过?读后该书,您有什么感悟?

(2)妈妈为什么要送埃尔维斯上学?埃尔维斯为什么不去上学?后来因为什么他又喜欢上了去学校?

(3)埃尔维斯和妈妈的烦心事儿是什么?您有过这样的烦心事么?

(4)埃尔维斯为什么不愿意告诉妈妈他的小秘密?您对此怎么看?

(5)埃尔维斯为什么不愿意改名,他怎么做他自己想做的事?您呢?

（6）为什么妈妈不愿意让埃尔维斯去爷爷家？妈妈给他找的玩伴，埃尔维斯为什么不愿和她玩？你们家里，是否有过类似的事情？

我们为此专门开辟了一个互动微博，想和大家共同分享埃尔维斯与你我的成长心得：

微博名：小猫王埃尔维斯

微博地址：http://weibo.com/u/2916146443

欢迎大家踊跃发言，畅诉心曲。

小猫王埃尔维斯

Bara Elvis © Maria Gripe 1979

First Published by Bonnier Carlsen, Stockholm, Sweden

Published in Simplified Chinese characters by arrangement with Bonnier Group Agency, Stockholm, Sweden

图书在版编目（CIP）数据

我就是我 /（瑞典）格里佩 (Gripe，M.) 著；高锋译 .
— 北京：中央编译出版社 , 2012.8
（埃尔维斯成长系列）
ISBN 978-7-5117-1473-2

Ⅰ . ① 我…
Ⅱ . ① 格… ② 高…
Ⅲ . ① 儿童文学 – 长篇小说 – 瑞典 – 现代
Ⅳ . ① I532.84

中国版本图书馆 CIP 数据核字 (2012) 第 174784 号

我就是我

策划编辑	谭　洁
责任编辑	杜永明
插　　画	周卓浩
责任印制	尹　珺
出版发行	中央编译出版社
地　　址	北京西城区车公庄大街乙 5 号鸿儒大厦 B 座（100044）
电　　话	（010）52612345（总编室）　（010）52612340（编辑室）
	（010）66161011（团购部）　（010）52612332（网络销售）
	（010）66130345（发行部）　（010）66509618（读者服务部）
网　　址	www.cctphome.com
经　　销	全国新华书店
印　　刷	北京瑞哲印刷厂
开　　本	880 毫米 × 1230 毫米　1/32
字　　数	105 千字
印　　张	5.75
印　　数	5000 册
版　　次	2012 年 8 月第 1 版第 1 次印刷
定　　价	18.00 元

凡有印装质量问题，本社负责调换，电话：(010) 66509618